BIG LIFE

빅 라이프

빅라이프 4

우지호 장편소설

초판 1쇄 찍은 날 | 2016년 10월 13일
초판 1쇄 펴낸 날 | 2016년 10월 20일

지은이 | 우지호
펴낸이 | 예경원

기획 | 위시북스
편집책임 | 박우진
편집 | 이즈플러스

펴낸곳 | 예원북스
등록번호 | 제396-2012-000132호
등록일자 | 2012. 7. 25
KFN | 제1-033호

주소 | 경기도 고양시 일산동구 호수로 646-24 위너스21 II 빌딩 206A호 (우)10401
전화 | 031-819-9431 팩스 | 031-817-9432
E-mail | yewonbooks@naver.com

ISBN 979-11-5845-413-5 04810
979-11-5845-517-0 (set)

※ 이 도서의 국립중앙도서관 출판시도서목록(CIP)은 서지정보유통지원시스템 홈페이지(http://seoji.nl.go.kr)와 국가자료공동목록시스템(http://www.nl.go.kr/kolisnet)에서 이용하실 수 있습니다.

BIG LIFE
우지호 장편소설
4
WISHBOOKS MODERN FANTASY STORY
빅라이프
Wish Books

빅라이프 BIG LIFE

CONTENTS

24장
인간을 담는다

자신의 원룸을 향해 차를 몰던 재건은 중간에 핸들을 꺾어야 했다. 걸려온 한 통의 전화 때문이었다.

"이렇게 빨리요? 저는 적어도 몇 주는 걸릴 줄 알았어요. 아, 저도 보러 가죠. 유턴했습니다. 곧 뵐게요."

재건은 갓길에 차를 세우고 내비게이션을 재설정한 다음 다시 액셀을 밟았다. 한낮의 도로는 대체적으로 교통이 원활해서 오랜 시간이 걸리진 않을 듯했다.

재건은 여유롭게 운전하면서 최근 구입한 오디오북 소설을 들었다. 차가 생기기 전에는 없던 습관이다. 눈으로 활자를 읽는 맛보다야 감칠맛이 훨씬 못하지만 그런대로 괜찮은 매체였다.

'여긴가.'

오디오북을 들으며 운전하다 보니 생각보다 빠르게 목적지에 도착했다.

초고층 오피스텔 건물이 눈앞에 보였다. 재건의 차는 미끄러지듯 지하 주차장 입구로 빨려들어 갔다.

"네, 지금 도착했어요. 1601호라고 하셨죠? 올라갑니다."

재건은 주차시킨 차에서 내려 엘리베이터에 올라탔다. 16층에 도착해서 일러준 1601호로 가 보니 문이 활짝 열려 있었다.

"아, 하 작가님 오셨다!"

가장 먼저 재건을 본 은영이 쾌활하게 소리쳤다. 각자의 짐을 풀고 있던 민호와 현경도 동시에 시선을 모았다.

"금방 오셨네요, 하 작가님."

"차가 안 막혀서요. 이야, 사무실 엄청나게 넓고 좋네요. 대가족이 살기에도 무리가 없겠어요."

재건의 너스레가 마냥 헛말만은 아니었다.

직접 본 오피스텔은 말로 들었을 때보다 훨씬 넓고 쾌적한 인상이었다. 전기레인지에서부터 냉장고, 전자레인지, 세탁기 등등 모든 가전이 빌트인으로 붙어 있어 달리 준비할 것도 없었다.

재건은 간단히 내부를 둘러보았다.

길쭉한 직사각형 구조의 거실 겸 주방, 오른쪽으로 방 3개가 연달아 자리하고 있었다. 2개의 화장실은 거실 끝자락에 공용으로 큰 것이 하나, 그리고 가장 큰 방에 또 작은 것 하나가 배치되어 있었다.

“장은영 작가님이 가장 큰 방 쓰셔야겠네요.”

마지막으로 큰 방을 살피고 나온 재건이 말했다. 순간 무슨 의미인지 몰라 고개를 갸웃거리는 은영 앞에서 재건이 웃으며 말을 이었다.

“여자분이시니까 아무래도 화장실 딸린 방 쓰시는 게 좋겠죠.”

“아니에요, 작가님. 여자라고 특별 대우 같은 거 안 해주셔도 돼요. 공용으로 화장실 써도 전혀 불편하지 않아요.”

“우리가 불편해.”

자신의 노트북 설치를 끝낸 민호가 끼어들었다.

“나랑 현경이는 지저분하게 쓰는 데 특화된 생물인데 넌 너무 깨끗해. 한 번 씻고 나면 매번 청소하면서 신경이 이만저만 곤두서는 게 아니라고. 하 작가님 말씀대로 해.”

“참나, 오빠는. 누가 들으면 내가 평소에 엄청 잔소리라도 한 줄 알겠다. 나 그런 거 신경 안 쓰는 성격인 거 몰라?”

은영이 짐짓 토라진 듯이 툴툴거렸다.

모두가 목을 울리며 웃음을 터뜨렸다. 그런 끝에 이번엔 냉장고에서 음료수를 꺼내며 현경이 말을 받았다.

"앞으로 여성 작가님이 더 입주하게 될지도 모르잖아요. 그럼 같이 쓰셔야 할 텐데, 그때까지 누나 혼자 편하게 쓰세요. 잘됐잖아요?"

"정말 그래도 되나……."

끝끝내 은영은 미안한 기색을 얼굴에서 지우지 못했다.

흔들리는 두 눈으로는 여전히 오피스텔 내부의 곳곳을 담고 있었다. 이렇게 좋은 작업실은 난생 처음이었다. 작가로서 살아온 그녀의 삶도 항시 빠듯했던 것이다. 지금은 헤어진 전 남편과의 결혼 생활도 결코 풍족하지는 못했었다.

"그럼 결정된 겁니다?"

재건은 그렇게 은영에게 말하고는 발코니로 가 섰다.

빌딩숲이 한눈에 내려다보였다.

빽빽하기만 한 도심도 위에서 내려다보니 한결 숨통이 트이는 느낌이었다.

'잘 고르셨네. 하긴, 워낙 신중하고 꼼꼼한 성격이니.'

예전의 빌라 지하 사무실과는 비교 자체가 불가능했다.

30년 된 동네 허름한 목욕탕에서 최신 시설을 갖춘 24시간 사우나로 변모한 느낌이었다.

이런 사무실에서 글을 쓰면 또 어떤 느낌이 날까.

새로운 환경에서 비롯되는 설렘이 재건의 입가에 미소를

몰고 왔다.

그때 어깨에 부드러운 손이 올라왔다.

"아, 대표님."

소리도 없이 나타난 태원이 등 뒤에 히죽 웃으며 서 있었다.

"어떠세요? 괜찮으세요?"

"괜찮은 정도가 아니고요. 여기서 쓰면 베스트셀러도 그냥 줄줄이 뽑히겠어요."

"하 작가님 마음에 드시니 그게 가장 다행이에요. 필요한 건 뭐든지 말씀하세요. 그리고 다시 말씀드리지만…… 이 사무실은 하 작가님 거라는 거 아시죠?"

태원이 목소리를 낮춰 장난스럽게 말했다.

재건은 무안하다는 듯이 쓰게 웃으며 고개를 주억거렸다.

바로 그때.

"우와, 하 작가님 또 네이빈 실시간 급상승 검색어에 떴다."

갑자기 은영이 탄성 섞인 목소리로 중얼거렸다.

두 눈은 손에 든 자신의 핸드폰을 내려다보고 있었다.

"뭔데요, 누나?"

현경이 궁금함으로 두 눈을 빛내며 다가갔다. 은영은 핸드폰을 들어 화면을 보여주며 대답했다.

"애플티 채린이 하 작가님 질풍노도 읽었나 봐. 책 너무 좋다고 트위터에 올린 것 같은데?"

"우와……! 채린이?!"

현경은 찢어질 듯이 벌어진 입을 다물지 못했다.

애플티도 채린도 모르는 재건은 멍하니 붕어처럼 두 눈만 깜박이고 있었다.

"하 작가님, 애플티 모르세요?"

"아, 네. 누구죠?"

자신의 핸드폰을 꺼내 들며 재건이 대답했다. 채린이라는 이름이 이어진 걸로 보아 음료수 이름은 아닐 것이란 짐작쯤은 하고 있었다.

"아무리 TV를 안 보셔도 애플티를 모르시다니. 작년부터 엄청 핫한 걸그룹이잖아요."

"걸그룹이요?"

"네, 채린이 애플티 리더인데 취미가 독서예요. 원래 국문학과 다녔는데 연예 활동 때문에 휴학 중이에요. 한번 검색해 보세요. 진짜 엄청 핫한데."

안타까운 눈초리를 던지며 현경이 하는 말이었다.

어쩐지 시대에 뒤처진 기분마저 느끼며 재건은 네이빈에 접속했다.

4 채린 질풍노도

5 하재건

6 현대청년문학상 질풍노도

7 애플티 채린 추천 도서

1위는 아니었으나 4~7위에 이르기까지 실시간 급상승 검색어 목록에 재건과 관련된 키워드가 자리하고 있었다.

재건은 놀랍고 기쁘면서도 한편으로는 의아했다.

즐거운 우연이라고 해야 할까.

수많은 작가와 작품이 존재하는 이 세상에서 내 책을 선택했다니.

제아무리 현경의 말대로 독서를 좋아한다고 해도 재건으로서는 신기할 따름이었다.

'또 엄청 늘어났네.'

트위터에 접속한 재건은 또 한 번 혀를 내둘렀다.

며칠 전까지만 해도 6만 명 미만이었던 트위터 팔로워 수가 7만 명 이상으로 증가했다. 거기에다 일일이 확인할 수도 없을 만큼 수많은 트윗이 날아와 있었다. 채린이 올린 '질풍노도 추천' 트윗의 링크를 타고 찾아온 네티즌들이었다.

재건은 트위터에서 나와 네이빈에 채린을 검색했다. 언젠가 지나치듯 TV에서 본 것 같은 얼굴이었다. 여느 여자 연예인들이 흔히 그렇듯 사진 속의 채린도 무척이나 예뻤다.

"좋으시겠어요, 하 작가님. 잘나가는 걸그룹 리더의 추천도 받으시고."

태원이 생글생글 웃으며 말을 걸어왔다. 재건은 얼떨떨한 표정으로 고개를 천천히 내저으며 대답했다.

"좋긴 한데 정말 기분 묘하네요. 작가의 밤을 들은 건가?"

"꼭 그게 아니더라도 현대청년문학상이니까요. 평소 책을 좋아하는 사람이라고 하니까 진작부터 관심을 가졌을 수도 있죠. 축하드려요. 이걸로 판매량 또 오르시겠어요. 아!"

태원이 손가락을 딱 하고 튕기며 말을 이었다.

"오늘 집들이 해야죠? 아니, 사무실들이겠구나. 작가님들도 전부 모이셨는데. 하 작가님, 일정 어떠세요?"

"저는 괜찮습니다. 아이돌한테 추천받은 기념으로 제가 쏠게요. 다들 드시고 싶으신 거 말씀하세요."

대답을 하는 사이에 전화가 걸려왔다. 핸드폰을 꺼내 든 재건은 액정을 보자마자 얼굴에서 웃음을 지웠다. 그간 바쁘다는 핑계로 만남을 피해 왔던 다슬의 전화였다.

"여보세요."

–작가 오빠야, 뭐 해요?

"잠깐 볼일이 있어서 부천 왔어요. 왜 이렇게 보기가 힘들어요? 많이 바빴어요?"

재건은 사람들에게 양해를 구하고 바깥 복도로 나왔다. 어쩐지 예전보다 차분해진 다슬의 음성이 전파를 타고 이어지고 있었다.

—이것저것 일 좀 보느라 그랬어요. 작가 오빠, 아버지는 어떠세요?

"전에 문자로도 얘기했잖아요. 많이 좋아지셨어요."

—다행이다, 역시 내 기도가 통했어.

"기도도 해줬어요? 정말 다슬 씨 덕분인가 보네."

—후후훗.

웃음소리 끝으로 정적이 찾아왔다.

벽에 기대어 서서 텅 빈 복도 끝을 바라보던 재건이 넌지시 물었다.

"언제 시간 돼요? 질풍노도 제1호 사인 받고 싶지 않아요?"

—당연히 받고 싶죠. 사실 그래서 전화했어요. 작가 오빠, 오늘은 어렵나?

"오늘…… 이요? 괜찮아요."

재건은 태원과 작가들이 있는 오피스텔 안을 힐끗 보고는 빠르게 결론을 내렸다.

형용하기 어려운 감각 때문이었다.

오늘이 지나 버리면 다시는 다슬을 만날 수 없을 것 같다는 불길한 예감이 들이닥쳤던 것이다.

"허브 노래방 근처에서 만나면 되겠죠? 몇 시쯤 볼까요?"

—준비하고 나가면 5시쯤?

"알았어요, 얼마 안 남았으니까 이따 봐요."

재건은 태원과 작가들에게 적당한 사정을 대고 용서를 구한 다음 오피스텔을 나섰다.

차에 시동을 걸면서 조수석 서랍으로 눈길이 갔다. 서랍 안에는 첫 번째 사인이 새겨진 '질풍노도'가 그대로 들어 있었다.

재건은 한껏 들뜬 기분으로 액셀을 밟았다.

BIG LIFE

재건이 도착하기도 전에 다슬은 이미 술잔을 기울이고 있었다. 함께 처음 술을 마셨던 가게였다. 상 위에 놓인 안주는 기본으로 나오는 콩나물국뿐이었다.

손에 쥔 핸드폰 화면에는 네이빈 실시간 검색어에 떠오른 재건의 트위터가 떠올라 있었다. 걸그룹 멤버의 추천을 받아 커다란 관심을 받고 있는 재건이 더욱이 멀게 느껴지는 다슬이었다.

착잡한 마음만큼 술은 잘도 목젖을 타고 넘어갔다.

마지막이라도 좋으니 재건을 한 번 보고 싶은 욕구를 이겨내지 못한 스스로가 한심스러웠다.

맨 정신으로 재건을 대하기가 두려운 그녀는 벌써 소주 반병을 혼자서 비우고 있었다.

드르륵!

불현듯 핸드폰이 몸을 떨었다.

다슬은 국물을 한 숟갈 뜨고 전화를 받았다.

"응, 언니야. 아니, 짐은 어제 다 보내놨어. 방에 있던 짐 다 뺐지. 원래 더 챙길 것도 없었어. 응, 알지. 앗, 언니. 내가 이따 다시 콜 할게."

출입문을 통해 들어서는 재건을 보고 다슬은 재빨리 전화를 끊었다. 손님이 거의 없었기에 바로 다슬을 찾아낸 재건은 소주병을 보고 미간을 좁히며 다가왔다.

"혼자 마시고 있었어요?"

"기다리기 지루해서 쫌? 누가 늦게 오랬나?"

"늦게 오다니, 지금 4시 50분인데."

"또 진지하게 따진다. 한 잔 받고 안주 시켜요. 오빠랑 같이 먹으려고 안 시키고 있었어."

재건은 술을 받고 적당한 안주를 주문했다. 그사이에 다슬은 또 혼자서 한 잔의 술을 마셨다. 말릴 틈조차 없었다.

"정말 왜 이래요? 무슨 일 있었어요?"

"아무 일도? 그냥 술이 땡기는 날인데? 작가 오빠도 한 잔."

다슬은 대수롭지 않다는 듯이 웃으며 연거푸 술을 권하고 또 마셨다. 솔직한 마음을 있는 그대로 말할 용기가 없었다.

빠르게 마시는 술만큼 시야는 빠르게 흐려졌다. 결코 잊을 수 없도록 동공에 아로새기고 싶었던 재건의 모습도 형태를 잃고 번져 가고 있었다.

결국 다슬은 평소 스스로 느끼는 주량보다 훨씬 일찍 취해 버리고 말았다.

“어어어, 다슬 씨.”

재건이 황급히 일어나 옆으로 고꾸라지려는 다슬을 붙잡았다. 마시기 시작한 지 30분도 되지 않아 이 모양이라니. 좀 더 강하게 말릴 걸 하고 후회하며 재건은 그녀를 흔들었다.

“일어나요, 오늘은 안 되겠다. 데려다줄게요.”

다슬이 두 눈을 가늘게 뜨고 올려다보았다. 손가락 끝으로 재건의 뺨에 동그라미를 그리며 그녀는 배시시 웃었다.

“데려다준다고? 어딜?”

“집이지 어디에요? 데려다줄게요. 일단 일어나요.”

“나 집 없는데?”

재건이 부축하던 몸을 멈추고 다슬을 쳐다보았다.

도톰한 입술은 웃고 있었지만 온건한 미소가 아니었다. 항시 말하기보단 듣기를 선호하고, 보여주기보다는 보는 것에 열중하는 작가로서 알아볼 수 있었다. 그것은 끝이 보이지 않는 비릿한 슬픔이었다.

“나 정말 집 없어, 작가 오빠.”

다슬은 지친 표정으로 흐느끼듯 중얼거리더니 급기야 고개를 떨어뜨렸다. 재건이 허리를 끌어안고 붙잡자 가슴팍에 얼굴을 기대왔다. 축 늘어진 몸에서는 이제 미동조차 느껴지지 않았다.

'난리 났네.'

차를 주차시켜 둔 곳도 거리가 제법 된다.

재건은 타는 목으로 침을 삼키며 가게 바깥으로 시선을 던졌다. 밤의 초입으로 들어서면서 빛을 밝힌 길 끝의 모텔 간판이 시야에 들어왔다.

'집보다 저기가 낫겠군. 재우고 나와야지.'

달리 대책이 없었다. 만취한 여자를 데리고 찜질방을 갈 수도 없는 노릇이었다.

재건은 계산을 하고 끙 소리를 내며 다슬을 등에 업었다.

예상보다 가벼워서 첫 번째로 다행이었고, 치마가 아니라 청바지여서 두 번째로 다행이었다.

그래도 사람들의 시선을 끌어 모으기에는 충분했다.

재건은 거친 숨을 몰아쉬며 모텔 문을 밀어젖혔다.

"어서 오세요."

"수고하십니다, 얼마예요?"

"일회용품 포함하시면 6만 1,000원이요."

재건은 다슬을 업은 채로 힘겹게 값을 치르고 카드키와 일회용품을 받았다. 방이 2층이라서 엘리베이터 버튼을 누르고 서 있는데 한참 만에 카운터의 직원이 일러주었다.

"여기가 2층이에요, 손님. 1층이 주차장으로 돼 있어서요."

그런 건 좀 빨리 알려주면 좋을 것을.

아무리 가벼운 다슬이라도 슬슬 한계였다. 규칙적으로 운동을 해야겠다고 다짐하면서 재건은 몸을 돌렸다. 새근새근 새어 나오는 다슬의 숨소리가 그의 귓가를 연신 간질이고 있었다.

'크으…… 여기 맞지?'

방 앞에 도착한 재건은 한 손으로 카드키를 대고 문을 열었다.

카드키를 슬롯에 꽂자 불이 들어왔다. 작고 평범한 방이었다. 재건이 살고 있는 원룸보다도 작았다.

침대 하나와 협탁이 공간의 절반을 차지하고 있고 벽면으로는 TV와 정수기, 소형 냉장고 따위가 붙박이로 자리하고 있었다.

재건은 침대 끝에 앉아서 등에 업은 다슬을 천천히 뒤로 눕혔다. 그런 다음 그녀의 머리를 들어 베개를 넣어주고 가슴 위까지 이불도 덮어주었다.

'따뜻한 거라도 마시게 해야 하나.'

다슬은 괴로운 듯 얼굴을 찡그린 채 희미한 신음을 연거푸 내뱉고 있었다. 그녀를 내려다보며 재건은 어떻게 해야 할지 고민했다. 신경이 쓰여서 이대로 떠날 수가 없었다.

'술 깨는 약하고 간단히 먹을 거라도 사다 둬야지.'

정신이 들고 나면 속이 쓰릴 것이다.

냉장고 안에는 생수와 차가운 캔 음료뿐이었다.

재건은 가방을 바닥에 내려놓고 지갑만 챙겨 일어섰다.

그러나 재건은 한 걸음 이상 나갈 수 없었다. 어느새 몸을 일으킨 다슬이 등 뒤에서부터 끌어안고 있었다.

곤혹에 빠진 재건이 돌아보기도 전에 그녀가 속삭이듯 말했다.

"가지 마요."

"안 가요. 약이랑 먹을 것 좀 사러……."

"아무것도 필요 없으니까 가지 마요."

재건의 가슴팍 앞으로 다슬의 두 손이 단단하게 깍지를 꼈다. 무슨 일이 있어도 절대로 놓치지 않겠다는 것처럼.

"그냥 쫌만 같이 있어줘요."

재건은 대답 대신 침을 한 번 삼켰다.

"……!"

등에 와 닿는 다슬의 숨결이 뜨겁고 축축했다. 눈물이라는 것을 금세 깨달을 수 있었고 그녀에게 무슨 일이 있었다는 사실 또한 명확해졌다.

"알았어요."

재건은 다슬이 잠들 때까지 곁을 지켜주기로 마음먹었다.

확실히 혼자 놔두기에는 몹시 불안한 상태였다. 무슨 일인지 묻는 것도 술기운과 함께 이 밤을 흘려보낸 다음에 하기로 했다.

"어디 안 갈 테니까 누워 있어요."

재건이 자신을 끌어안은 다슬의 팔을 풀고 돌아보았다.

역시나 그녀의 두 눈은 눈물로 흠뻑 젖어 있었다.

"진짜지?"

"네."

"가기만 해. 그리고 부끄러우니까 얼굴 보지 말기."

다슬이 쓰러지듯 누우며 두 손으로 제 얼굴을 가렸다. 그러고는 몸 전체로 흐느끼기 시작했다. 얼굴을 덮은 열 손가락 사이에서 뜨거운 눈물이 샘처럼 솟아오르고 있었다. 재건이 할 수 있는 일이라곤 울음소리를 가만히 들어주는 것뿐이었다.

BIG LIFE

에에엥~!

유흥가를 관통하는 순찰차의 사이렌 소리가 울렸다.

번쩍!

모로 누워 있던 재건이 두 눈을 느릿하게 떴다. 직각으로 선 TV와 냉장고가 보였다.

'이런…… 깜박 졸았나.'

최근 며칠 동안 신작 구상과 아버지 병문안이 겹쳐 제대로 숙면을 취하지 못했었다.

재건은 하품을 하며 상체를 일으켰다. 그러자 보이는 건 텅 빈 침대였다. 잠들기 전까지 누워 있었던 다슬은 온데간데없었다.

재건은 혹시나 싶어 욕실로 향했다. 그러나 문을 두드리기도 전에 현관 바닥을 보고 굳어들었다. 다슬의 신발이 보이지 않았다.

-전화기가 꺼져 있어 소리샘으로…….

재건은 낭패에 젖은 얼굴로 핸드폰을 거둬들였다.

시계를 보니 들어온 지 이제 고작 3시간 남짓이었다.

이 짧은 사이에 어디로 사라진 걸까.

전화기까지 꺼져 있으니 더욱 마음이 불안하기만 했다.

'으음……?'

문득 재건의 두 눈이 빛을 발했다.

자신의 가방 위에 둘로 접힌 쪽지와 목걸이 하나가 놓여 있었다. 목걸이는 몹시 오래된 은 재질로 곳곳의 색이 바래 있었다.

재건은 쪽지부터 집어 펼쳤다. 내용을 확인하기도 전에 불길한 예감이 엄습해 오면서 열 손가락이 파르르 떨리고 있었다.

작가 오빠야.

질풍노도 읽고 참 많은 생각을 했어. 혜영이가 해피엔딩을 맞이한 걸 보고 얼마나 기쁘고 감동스러웠는지 오빠는 모를 거야. 나 세 번이나 읽었어.

근데……

난 혜영이처럼 되지 못할 것 같아서 두렵기도 해.

오빠가 그랬잖아. 내가 혜영이의 모델이라고.

혜영이는 질풍노도의 주인공인데 난 아직 내 인생의 주인공이 되지 못했어. 어떡해야 주인공이 될 수 있을지 그런 것도 잘 모르겠어.

작가 오빠 보면 너무 좋아. 항상 나부터 생각해 줘. 내 구질구질한 얘기도 다 들어줘. 오빠 만나면 시간 가는 줄도 모르고 항상 즐거워.

너무 좋아서 괴로워. 나 같은 게 작가 오빠 곁에 있다는 거 자체가 미안하고 힘들어.

그래서 도망가요.

영원히 도망가는 건 아니구. 작가 오빠 앞에 당당히 설 수 있을 만큼 준비가 되면 그때 목걸이 받으러 찾아갈게. 나한테 되게 소중한 거야. 오빠가 사준 목걸이 차느라 요즘 그건 찰 수가 없거든. 잘 갖고 있다 나중에 돌려줘요.

어디서든 오빠 책 나오면 바로바로 읽을게.

항상 힘내고 밥 잘 먹고 아프지 말기!

쪽지를 다 읽은 재건은 목걸이를 집었다.

낡은 펜던트를 열자 오래된 사진이 보였다. 다슬과 꼭 닮은 20대의 여자가 웃고 있었다.

"이건……."

스타가 되어서라도 꼭 찾고 싶다던 엄마가 분명했다.

재건은 급히 가방을 챙겨 모텔을 뛰쳐나갔다. 한껏 취한 밤의 거리가 그를 소용돌이처럼 빨아들였다. 해맑게 웃던 다슬의 얼굴은 그 어느 길목에서도 찾아볼 수 없었다.

"허억……! 헉! 헉!"

한참을 뛰어다니던 재건은 끝내 머리끝까지 숨이 차올라 전봇대를 짚고 멈춰 섰다.

거친 호흡 속에서 깨달았다.

오늘은 밤의 가호가 함께하지 않았다.

'질풍노도'로 또 한 걸음 작가적 성취를 이루도록 도와준 다슬은 이렇게도 간단히 재건의 세상에서 종적을 감췄다.

“한 잔 더 하시겠습니까?”

“아니야, 술을 더 마시면 설명이 느려지지.”

고급 한정식집의 좌식 테이블.

재건은 전직 법의학자 문상욱과 마주 앉아 식사를 하고 있었다. 재건의 아버지 석재의 소개로 성사된 자리였다. 석재와 상욱은 대학 시절 동아리 활동을 하다가 알게 된 오랜 친구였다.

“그래, 사인이 분명하지 않은 사체를 변사체라고 하는 건 자네도 알겠지. 변사체는 검사의 지휘 없이 매장하거나 화장할 수가 없네. 사체가 유족에게 인도되기 전까지는 국가가 관리하게 되어 있지.”

재건은 양해를 구하고 꺼내둔 노트북으로 중요한 것을 받아 적는 한편 귀를 쫑긋 기울이고 있었다. 미스터리 소설을 쓰기 위해 반드시 필요한 정보들이었다.

“자네의 질문처럼 여대생의 사망 원인이 자살임이 분명하다면 검사는 ‘검시하여 타살 혐의가 없으면 사체는 유족에게 인도할 것’이라는 내용으로 경찰에게 지시하게 되네. 부검의 판단 권한은 오직 검사에게만 있어. 타살 혐의가 보이면 유족이 반대하더라도 부검을 하게 되고.”

거기까지 말하고 난 상욱이 물 한 모금으로 타는 목을 적셨다. 재건은 빨리 다음 이야기를 듣고 싶어 안달이 날 지경이었지만 꾹 참았다.

전직 법의학자가 직접 들려주는 알짜배기 이야기는 단순한 정보를 떠나 생생한 재미가 가득했다.

"자네 질문의 요지는 자살한 여대생이 임신한 상태인데 유전자 검사 등을 통해 임신시킨 자를 확인할 수 있는지 여부, 그리고 임신시킨 자를 추가로 조사할 수 있느냐지?"

"네, 맞습니다."

"부검은 타살의 여부에 따라 결정되는 거야. 임신 유무와는 별개라서 별도 수사를 하지 않아. 만약 유족이 성명불상의 남자가 임신시키고는 협박이나 강요로 자살에 이르게 하였다는 진정이라도 하게 되면 그땐 얘기가 달라지지만. 부검과는 별도로 통화 내역, 문자, 메일 등이 수사 대상이 되겠지. 하지만 명확한 증거가 없다면 입증은 몹시 어렵네."

타자를 두드리는 재건의 손가락이 멈추지 않았다. 거기에 시선을 둔 채 상욱은 배려하듯 천천히 말을 이었다.

"유전자 검사는 사체를 경찰로부터 인도받은 유족이 대학병원 등에 의뢰해서 부검하고 검사할 수 있네. 하지만 상대방의 유전자 정보가 없다면? 결국 알 수 있는 게 없게 되니 하나마나가 될 가능성이 높지."

상욱의 말이 끝나고 잠시 후 재건의 타자도 멈췄다. 재건은 작성한 내용을 저장하고 상욱에게 다시금 깍듯이 묵례했다.

"정말 감사합니다. 선생님 덕분에 제대로 된 소설을 쓸 수 있을 것 같습니다."

"그렇게 말해주니 보람이 있군. 아주 무시무시한 소설이 나올 것 같은데. 이런 정보들을 필요로 하는 것을 보니."

"아닙니다. 인간을 담을 겁니다."

상욱이 떡갈비를 집던 젓가락을 멈추고 두 눈을 빛냈다.

"인간을 담는다고?"

"네, 말초적 흥밋거리만으로 쓰진 않을 겁니다. 작중의 여대생이 죽음에 이르기까지 방관, 혹은 외면한 주변 인물들을 통해 현대의 인간이 어떻게 살아가는지를 소신껏 그려볼 예정입니다."

의연하게 말하는 재건을 보며 상욱은 대견하다는 듯이 고개를 끄덕였다. 그가 술병을 들었고 재건은 재빨리 두 손으로 정중히 잔을 내밀어 받았다.

"우리나라의 부검은 두 번 죽인다는 인식이 강하네. 대부분의 유족은 부검을 반대하지."

그렇게 말하는 상욱의 두 눈은 오래된 기억을 훑듯이 흔들리고 있었다.

"나는 수없이 많은 부검에 참여했네. 남겨질 유족을 생각하면 예쁘게, 곱게 죽는 것도 정말 중요한 일이겠구나 하고 매번 생각했었지. 부디 인간을 담아낸다는 소망이 이뤄지길 바라네."

"정말 감사합니다."

재건은 건배를 한 후 방향을 옆으로 돌려 술을 천천히 목젖으로 넘겼다. 속으로는 자신의 아버지와 눈앞의 상욱에게 또 한 번 깊이 감사했다.

실로 엄청난 수확을 얻었다.

이제 중요한 자재는 거의 다 얻었으니 건축할 일만 남았다.

BIG LIFE

재건의 본격적인 집필이 시작되었다. 아침 7시에 일어나 식사를 마치고 8시부터 12시까지 집필, 그리고 휴식 겸 독서를 위해 도서관으로 출근. 6시에 돌아와 저녁을 먹고 새벽 1시까지 쓴 다음 취침하는 생활이 반복되고 있었다.

이런 생활이 벌써 3주째.

지쳐서 쓰러질 때까지 막무가내로 쓰던 예전과는 사뭇 달라진 하루하루가 이어지고 있었다.

건강을 챙기라는 석재의 충고에 따른 결과였다. 예전에는 잔소리로만 여겨졌던 아버지의 말을 지켜보려고 재건은 노력하고 있었다.

타다닥! 탁!

타다다닥! 타닥!

키보드를 두들기는 열 손가락이 벌겋게 달아올랐다.

시간당 1만 자를 써내는 노트북을 사용하고 있지만 오늘도 분량은 좀처럼 늘어나질 않았다.

'구려! 내 글이 이렇게 구렸다니! 개연성이 없다고!'

만족스럽지 못한 장면을 쳐내고 또 쳐냈다. 아무리 빨리 써내도 그 이상의 분량이 삭제되고 있었다.

멈추지 않는 손가락을 타고 재건의 호흡은 극한까지 거칠어졌다.

'후우……! 잠깐 휴식!'

피로가 정점에 달할 즈음 작업을 멈추면 딱 정오가 되어 있곤 했다.

오늘도 재건은 즉시 뿔테 안경을 챙겨 도서관으로 향했다.

발길이 멈추는 서가는 언제나 미스터리 코너였다.

재건은 이곳에서 하루에 50권 전후의 책을 읽어댔다. 사람들의 눈에 거의 띄지 않는 구석진 자리에서 미친 듯이 페이지를 넘기며 속독하는 것이다. 서건우의 뿔테 안경이 있기에 가능한 기적과도 같은 일이었다.

'그래! 이런 장치가 있었어! 이게 트릭이지! 기억했다!'

'맞아, 여기선 화자를 바꾸는 자체만으로도 반전이 될 수 있다고! 나도 2챕터 도입부를 이렇게 변경해야지!'

'와, 이런 엄청난……! 이거 쓴 작가 사람 맞아? 어떻게 이런 트릭을!'

재건은 열정적으로 읽어대면서 글쓰기의 자양분을 흡수했다. 광속으로 습득하는 경험치만큼 그는 지금 이 순간에도 놀랍도록 성장하고 있었다.

당연히 그것을 알아볼 사람은 어디에도 존재하지 않았다.

"주사님, 저 사람 또 와서 이상한 짓 해요."

아르바이트생이 겁에 질린 표정으로 사서 공무원에게 말하고 있었다. 그 옆의 사서는 심각하기 짝이 없는 눈빛으로 재건을 살피는 중이었다.

"지금 저 책을 다 혼자 읽는 거예요?"

"그렇다니까요. 책 하나 읽는 데 5분이나 되나? 지난주에는 저렇게 후다닥 넘기다 책 한 권 찢어먹었어요. 바로 미안하다면서 똑같은 책 사다주긴 했지만요. 대체 뭐 하는 사람일까요?"

"나도 모르겠네요. 피해될 만한 행동을 하지는 않죠?"

"네, 항상 저렇게 책만 훑어대다가 저녁에 가요."

"놔둬요. 세상에 별의별 사람이 다 있으니까. 근데, 어디서 본 것 같은 얼굴인데 영 기억이 안 나네."

사서가 고개를 갸우뚱거린 끝에 돌아섰다. 아르바이트생도 그를 따라 재건에게서 시선을 거둬들이고 할 일을 하러 갔다.

재건은 누군가 자신을 주시하고 있었다는 사실조차 모른 채 독서에만 열중이었다.

집필할 때도 독서할 때도 전력을 다해 몰입했다. 한 번 주의가 흐트러지면 걷잡을 수 없다.

다슬이 사라진 이후 재건은 더욱 스스로에게 엄격해졌다. 몸이 편해지면 그녀가 떠오르기 때문이다. 어디서 뭘 하고 있을지 근심과 함께 밑도 끝도 없는 잡념들이 들이닥치는 까닭이다.

드르륵!

주머니 속에서 핸드폰이 울렸다.

이제 막 48권째의 책을 펼치려던 재건은 즉시 성가신 표정이 되어 핸드폰을 꺼내 들었다.

'응? 누구지?'

모르는 핸드폰 번호가 화면에 떠오르고 있었다.

사무실의 작가들에게는 한동안 집필에 집중할 거라고 못을 박아두었다.

재건은 일단 책을 정리해 놓고 잰걸음으로 종합 자료실을 나섰다. 휴게실로 이어지는 계단을 밟아 내려가면서 그는 전화를 받았다.

"여보세요."

-실례합니다. 하재건 선생님이시죠?

"네, 그렇습니다만."

-안녕하세요. 바쁘실 텐데 죄송합니다. 저는 하늘샘 편집팀에서 근무하고 있는 백진혁 대리입니다.

"아아, 네. 안녕하세요."

재건이 즉시 알아듣고 휴게실 문을 밀면서 대답했다. 하늘샘은 '질풍노도'가 출간된 웅성출판그룹의 문단 문학 브랜드다.

-다름이 아니라, 이번에 저희가 미스터리움이라는 새로운 브랜드를 론칭하려고 준비 중에 있습니다.

"새로운 브랜드요?"

-네, 공포 및 미스터리 장르를 중점적으로 다루는 장르소설 브랜드입니다. 그래서 하재건 선생님이 의향을 여쭙고 싶어 이렇게 전화를 드리게 됐습니다.

재건이 자판기 앞에서 지갑을 꺼내다 말고 몸을 멈췄다.

"제 의향이라니요?"

-저희 미스터리움에 작품을 주실 의향이 있으신지 그런

걸 여쭤보는 겁니다.

"아아……."

재건이 비로소 납득하고 고개를 주억거렸다. 작가의 밤 방송이 끝나갈 무렵에 신작으로 미스터리 장르를 구상하고 있다고 짤막하게나마 언급을 했었다. 그것을 듣고 전화를 걸어온 것이 분명했다.

"그런데 아직 구상하는 단계라서……. 저기, 백진혁 대리님이라고 하셨죠?"

—네, 선생님. 맞습니다.

자판기에 동전을 넣으며 재건이 말했다.

"우선 이렇게 관심 갖고 연락 주셔서 무척 감사드립니다. 하지만 지금은 구상하는 단계라서 어떻게 미리 말씀을 드릴 수가 없습니다. 계획된 초고의 절반도 완성이 되지 않았어요."

—당연히 감안하고 연락을 드린 겁니다.

"감안을 하셨다고요?"

—저희가 도움이 되어드리고 싶습니다. 저희에게는 오랜 경험을 바탕으로 축적된 데이터베이스가 있습니다. 선생님의 작품이 보다 좋아질 수 있도록 목표와 방향성을 또렷하게 잡아드리는 것은 물론이고, 선생님 작품에 꼭 맞는 마케팅 또한 가능합니다.

뭐라고 끼어들 틈도 없이 빠르게 말이 이어지고 있었다.

재건은 허리를 숙여 커피 캔을 집으면서 잠자코 상대의 이야기를 들었다.

-간략한 시놉시스와 초고를 보내주시면 검토하고 빠른 시일 내에 연락을 드리겠습니다. 어떠신지요?

질문으로 끝나는 상대의 목소리가 지나치리만치 쾌활했다.

절대 거부할 수 없는 제안이라고 생각이라도 하는 걸까. 의도적으로 드러내고 있는 듯한 상대의 자신감이 재건에게는 조금 거북하게 다가왔다.

'국내 톱이다 이건가.'

재건은 소리 없이 희미하게 웃었다. 어쨌든 거북한 느낌과는 별개로 최고급의 출판사라는 건 사실이다.

웅성출판그룹이 얼마나 대단한 회사인지는 작가인 재건도 알 만큼 알고 있었다.

웅성은 이름난 해외 유명 작가들의 작품을 연달아 출간하면서 한국 출판 시장의 압도적인 점유율을 확보하고 있는 회사다. 상대적으로 성적이 부진한 국내 작가의 작품이 출간되는 경우는 그에 비해 극히 드물다. 따라서 판매량 여부를 떠나 웅성 산하 브랜드를 통해 출간했다는 것만으로도 해당 작가에게는 큰 자랑거리가 될 수 있는 일이다.

"알겠습니다."

빠르게 생각을 마친 재건이 긍정적으로 대답했다.

잠시나마 느껴진 거북함은 잊어버리기로 마음을 먹었다.

초고를 읽기도 전에 작품이 보다 좋아지도록 도와준다느니, 목표와 방향성을 잡아준다느니 운운한 것도 거슬렸지만 기꺼이 웃으며 넘어가기로 했다.

"그러면 요청하신 대로 초고와 시놉시스를 보내드리겠습니다. 이메일은……."

–제가 바로 보내드리겠습니다. 그리고 조만간 회사로 오셔서 편집진과 한 번 미팅을 하셔야 할 텐데요. 내주 중에 오실 수 있으세요?

재건의 손에서 캔이 조금 찌그러졌다.

그 어떤 과정도 단계도 없이 다짜고짜 미팅을 할 테니 회사로 나오라니.

가뜩이나 집필에 집중하고 있는 상황이기에 신경이 여느 때보다 곤두선 상태였다. 조금 전까지 지니고 있었던 긍정적인 마음이 단숨에 으스러졌다.

가볍게 숨을 고른 끝에 재건이 나직이 물었다.

"제가 회사로 가야 한다는 말씀이십니까?"

–네, 저희가 선생님의 초고와 시놉시스를 확인한 후에 내부 회의를 거쳐서 함께 기획할 인원을 구성할 겁니다. 나오셔서 저희와 함께 회의를 해보시고…….

"잠깐만요."

재건이 확고해진 어조로 말을 잘랐다.

"전 못 가겠습니다."

—네? 선생님, 무슨 말씀이신지……?

"백 대리님께서는 아직 제 초고를 읽어보시지도 않았습니다. 더불어 저는 미스터리움 편집진과 함께 제 작품을 기획하겠다고 의사를 밝히지도 않은 상태입니다. 그러니까 제가 회사에 찾아갈 이유가 하등 없지 않습니까."

—아, 선생님. 혹시라도 불쾌하셨다면 죄송합니다. 제가 이렇게 말씀을 드린 이유는 다른 게 아니라…….

"그리고 덧붙이자면 안타깝게도 저는 웅성 하늘샘 편집부가 어느 동네 어느 건물에 위치하고 있는지도 모릅니다. 회사 위치를 몰라서라도 못 가겠습니다."

—서, 선생님. 잠시만요……!

"수고하시고 바빠서 먼저 끊겠습니다."

뚝!

전화를 끊은 재건은 남은 커피를 단숨에 마시고 호흡을 골랐다. 전신으로 흡수되는 카페인이 흩어진 기력을 그러모으고 있었다.

그는 빈 캔을 쓰레기통에 집어넣고 몸을 돌렸다.

드르륵!

이내 다시 백 대리로부터 전화가 걸려왔다. 재건은 핸드폰을 무음으로 설정한 다음 휴게실을 나섰다.

통화로 느낀 불쾌감은 이미 잊어버렸다. 벌써 그의 머리는 쓰고 있는 미스터리 소설에 대한 생각으로만 가득해져 있었다.

25장

기습인가

"죄송합니다, 편집장님."

백 대리와 김 대리가 체벌을 기다리는 학생처럼 두 손을 앞으로 모으고 나란히 서 있었다.

그의 앞에 놓인 책상엔 편집장 명석이 굳은 표정으로 앉아 있었다.

"저는 정말 장르소설 쪽에서도 그만큼 성과를 이룬 작가님이신 줄은 몰랐습니다. 디지털문학상을 수상하신 전력도 미처 파악하지 못했습니다. 오늘 워낙 연락을 드린 작가님이 여럿이어서 저도 모르게 다른 신인 작가에게 하듯이 매뉴얼대로……."

"지저분한 변명을 언제까지 계속할 생각입니까!"

명석이 불시에 소리치며 책상을 주먹으로 쾅 하고 내려쳤다.

백 대리는 움찔 떨다 못해 중심을 잃었다. 김 대리가 잡아줘서 넘어지는 추태만은 면했다.

김 대리가 고개를 조아리며 황급히 사죄를 이어갔다.

"제 불찰입니다. 제가 맡은 일인데 그만 백 대리에게 일이 넘어가 버려서……! 제 업무를 도우려고 정신없이 전화를 돌리다 이런 일이 생긴 것 같습니다. 제가 어떻게든 책임지겠습니다."

명석이 안경을 벗어 던지듯이 내려놓았다. 안경 자국이 새겨진 콧등을 꾹꾹 누르며 그는 일어서고 있었다.

"매뉴얼이라고 했죠?"

백 대리가 목울대를 울리며 고개를 들었다. 명석의 서슬 시퍼런 눈빛과 시선이 교차한 순간 그는 자기도 모르게 두 눈을 질끈 감았다.

명석이 책상을 빙 돌아서 나와 백 대리 앞에 섰다. 그러고는 얼굴을 가까이 들이밀고 으르렁거리듯 물었다.

"다른 신인 작가에게 하듯이 매뉴얼을 따랐다고? 회사 어디에 작가 대우를 따로 다룬 매뉴얼 따위가 있지? 가져와요."

"펴, 편집장님…… 제가 그건 말실수를……."

"가져와!"

명석이 문 밖을 가리키며 소리쳤다. 백 대리는 기어코 엉덩방아를 찧고 말았다. 이번에는 김 대리가 미처 잡아줄 틈조차 없었다.

"제멋대로 매뉴얼을 정해두고 작가의 등급을 매겨? 인기 있는 작가면 알아서 찾아가지만 신인 작가는 그럴 가치도 없으니 회사로 나오라고 하면 되는 건가?"

"죄송합니다, 정말 죄송합니다."

"백 대리는 뭔가 크게 착각하고 있는 게 있어. 웅성과 자신을 동일시하고 있는 건가? 웅성에 다닌다고 당신이 웅성 그 자체가 되는 줄 아는 거야?"

명석이 백 대리를 내려다보던 시선을 김 대리 쪽으로 돌렸다. 김 대리는 즉시 허리를 꼿꼿이 세우고 두 눈을 부릅떴다.

"다시 뽑으세요. 백 대리는 미스터리움에서 뺍니다. 그리고 하재건 작가 일은 제가 맡습니다."

"네, 네…… 편집장님. 그렇게 하겠습니다."

김 대리는 머리가 떨어져 나갈 정도로 연신 고개를 조아리며 대답했다.

바로 그때, 예고도 없이 등 뒤의 문이 벌컥 열렸다. 대표이자 명석의 아버지 태진이었다. 마음대로 이 방에 드나들 수 있는 몇 안 되는 사람 중 하나였다.

"오셨습니까. 다들 나가보세요."

김 대리가 새하얗게 질린 백 대리를 부축하듯 일으켜 세우고 방을 나갔다. 닫힌 문을 슬쩍 돌아보며 태진이 물었다.

"무슨 일이냐?"

"별거 아닙니다. 심하게 큰 문제도 아닌데 해결을 못 하고 저에게 곧이곧대로 보고를 올리네요. 이 정도 문제도 자기들끼리 해결할 푼수가 없다는 게 답답해서 저도 모르게 화를 좀 냈습니다."

"너무 몰아붙이지는 마라. 그런다고 없는 근성이나 일머리가 생기는 게 아니거든."

"네, 아버지. 커피 드릴까요?"

"그래, 한 잔 줘라."

두 부자는 소파에 나란히 앉아 커피를 마셨다.

뜨거운 커피를 한 모금 홀짝이고는 태진이 물었다.

"미스터리움 준비는 잘되어 가는 거냐?"

"계속 물색하고 있습니다. 뭔가 눈에 확 들어오는 작품이 아직 없어서 고민이에요."

"좋은 글 찾기가 쉬운 일이 아니지. 그렇다고 어깨에 너무 힘 바짝 넣지는 말아라. 회사 생각하는 네 마음은 충분히 이해한다만."

"알고 있습니다. 그래도 최선을 다하고 싶어요. 미스터리움이 좋은 성과를 거둔 다음에 명훈이에게 자리를 물려줘야죠."

"그래, 이제라도 내 장남이 경영에 발을 들일 마음을 갖게 돼서 다행이다."

태진이 격려하듯이 명석의 허벅지를 다독였다.

시선을 내리깐 명석의 눈에 주름 가득한 손등이 들어왔다. 가슴이 시큰거렸다. 자신이 커버린 만큼 아버지도 부쩍 늙었다.

"오늘은 오랜만에 다 함께 저녁 어떠냐? 명훈이도 불러서."

"지금은 뭐라고 말씀을 못 드리겠습니다. 작가를 한 사람 만나러 가게 될지도 모르겠어요."

"작가를 만나러 간다고?"

"네, 미스터리움 때문에요."

"누군데? 신인이야?"

"아버지도 아실 겁니다. 하재건이라고 이번에 현대청년문학상 수상한 작가요."

"아아아…… 그래."

태진이 놀란 눈을 허공으로 향한 채 고개를 끄덕였다.

하재건이라면 똑똑히 기억하고 있었다. 서건우라는 필명으로 디지털문학상에서 최우수상을 받았던 작가이기에 개인적으로도 잊어버리기가 힘든 이름이었다.

"그 친구가 미스터리도 쓴다고?"

"작가의 밤에 출연했을 때 방송을 우연히 들었습니다. 신작으로 미스터리를 구상하고 있다고 하더라고요. 애초에 장르 쪽에서 선방하던 작가였습니다. 개인적으로 꽤나 기대하고 있습니다. 한번 접촉을 해봐야겠어요."

"그렇구나……. 그래, 좋은 작가는 놓치지 말아야지. 정말로 좋은 작가는 항상 숨어 있더구나."

멍하니 중얼거리는 태진을 보며 명석은 의구심을 느꼈다.

하재건이 괴물 같은 신인 작가임에는 분명하다. 그러나 태진은 훨씬 대단한 작가를 수두룩하게 알아왔고 지금까지도 상당수와 친분을 유지하고 있다. 그런 태진이 고작 하재건 정도로 이렇게 놀란 반응을 보이다니. 명석은 의아하지 않을 수가 없었다.

'혹시 하재건과 명훈이가 동기라는 걸 알고 계시는 건가?'

명석은 먼저 입 밖으로 꺼내진 못하고 속으로만 생각하고 있었다.

그러는 사이 태진이 상념에서 깨어난 표정으로 남은 커피를 마시고는 일어섰다.

"가시려고요?"

"바쁜데 방해하지 말아야지. 수고해라."

"이따 전화드릴게요."

"그래라."

태진이 떠난 직후 명석은 명훈에게 전화를 걸었다. 신호음이 끝나도록 전화를 받지 않았다. 포기하지 않고 재차 걸자

그제야 명훈은 볼멘소리로 전화를 받았다.

–어.

“집에 안 들어올 거냐?”

–내 집에는 매일 들어가고 있어.

“아버지가 보고 싶어 하신다. 자주 오지는 못하더라도 연락이라도 좀 드려. 전화 한 번 드리는 거 어려운 일 아니잖아.”

–할 말은 그게 다야? 나 바쁜데.

명석의 입가에 쓴웃음이 일었다. 현대청년문학상 때 자신을 도와주지 않았다는 이유로 내내 이런 식이었다. 그날로 본가를 떠나 지금까지 단 한 번 얼굴을 내비친 적이 없었다.

“정말 미스터리움에 원고 안 줄 거냐? 이거 물어보려고 전화한 거야.”

–전에 말했듯이 관심 없어. 시간도 없고.

“출시작이다, 명훈아. 너의 작가 인생에도 좋은 커리어야. 편집장은 다른 누구도 아니고 네 형이야.”

전파 너머에서 명훈이 짧은 코웃음을 터뜨리고 있었다.

–형이면 뭐해? 정작 절박할 땐 도와주지도 못하면서.

“너, 그 현대청년문학상 얘기 한 번만 더 해라.”

–그러니까 됐다고. 나 소설 드라마화되는 것도 그렇고 게임 시나리오 쓰기에도 벅차.

명석도 이번만큼은 참지 못하고 말을 받았다.

“벅차다고? 드라마는 아직도 차일피일 일정이 미뤄지고 있고, 네 누나에게 들은 바로는 제작 사정이 많이 열악해진 것 같던데? 그리고 그 게임이란 건 대체 언제 출시되는 거냐?”

거칠어지는 명훈의 숨소리가 확연하게 느껴졌다. 거기에 대고 명석은 또박또박 덧붙였다.

“너, 뭔가 일이라는 걸 제대로 하고 있기는 한 거냐?”

–바쁘니까 끊어……!

뚝!

전화가 끊긴 핸드폰을 들고 명석이 고개를 뒤로 젖혔다.

LED 등이 뿜어내는 눈부신 빛 앞에서 두 눈이 가늘어졌다.

얼마간 생각한 끝에 명석은 다시 핸드폰을 들었다. 형이기 이전에 편집장이라는 사실을 새삼스레 상기하면서.

신호음이 길어져도 좀처럼 전화를 받지 않았다. 다시 걸었지만 마찬가지였다. 이번에도 받지 않으면 메시지를 남겨둬야겠다고 생각하는 찰나, 통화가 연결되었다.

–여보세요.

“안녕하세요, 하재건 선생님이시죠?”

–그렇습니다만, 어디시죠?

“조금 전에 저희 직원과 통화를 하셨을 겁니다. 저는 조만간 출시될 브랜드 미스터리움의 편집장을 맡게 될 오명석이라고 합니다."

재건의 가느다란 한숨이 전파 사이를 비집고 들어왔다.

—네, 안녕하세요. 그런데 이야기는 다 끝났다고 생각하는데 무슨 일이신지요?

"사과부터 드리고 싶어서 바로 연락을 드렸습니다. 제 직원들이 업무 방식과 내용을 제대로 숙지하지 못해서 선생님께 실수를 한 부분이 있는 것 같습니다. 제가 연락을 드렸어야 할 일인데, 정말 죄송합니다."

—괜찮습니다. 신경 쓰시지 마세요.

"제가 직접 만나 뵙고 싶습니다. 집필 때문에 바쁘시겠지만 시간을 내주시면 정말 감사하겠습니다. 오늘이라도 좋습니다. 장소도 어디든지 상관없습니다."

—아까도 했던 이야기지만, 지금 편집장님을 뵌다고 해도 저는 딱히 신작에 대해 드릴 수 있는 말씀이 없습니다. 게다가 편집장님도 제 초고를 아직 읽어보시지 않은 상태고요.

"초고는 보내주시면 바로 읽어보겠습니다. 그리고 설령 읽지 않은 상태더라도 선생님의 신작에 관해 여러 가지 대화를 나눌 수 있으리라고 생각합니다. 저는 선생님의 작품을 거의 다 읽었습니다."

—제 작품을 전부요?

"네, 그렇습니다."

시계 쪽으로 시선을 던지며 명석은 차분하게 말을 잇고 있었다.

거짓말이 아니었다. 개인적으로도 관심이 있는 작가였기에 지금까지 나온 재건의 소설을 섭렵하다시피 했다.

“멍청한 여자와 90년대 소년, 질풍노도, 그리고 더 브레스를 비롯한 장르 쪽 작품들까지 읽었습니다. 그러니까 대화를 나눌 수 있다고 확신하는 겁니다. 어떻게 생각하십니까?”

즉답이 없이 침묵만 일었다. 명석은 채근하지 않고 또 한 잔의 커피를 타면서 대답을 기다렸다. 혀끝은 초조한 듯이 메마른 입술을 연신 핥고 있었다.

–알겠습니다.

이윽고 재건의 대답이 정적을 깨고 돌아왔다.

명석은 숨통이 확 트여서 자기도 모르게 미소를 지었다.

–제 작품을 다 읽어주셨다니, 글쟁이로서 무척 감사하고 만나 뵙고 싶은 마음이 생깁니다. 언제가 좋을까요?

“말씀드렸다시피 저는 오늘을 포함해 언제라도 좋습니다.”

–그럼 오늘 뵙지요. 저도 마침 도서관에 나와 있는 참이라서요.

“어디 도서관인지 말씀해 주시면 모시러 가겠습니다.”

–그러지 마시고 구로역 근처에서 뵙는 게 좋겠습니다. 저도 거기까진 그다지 멀지 않습니다. 7시쯤 어떠세요?

"알겠습니다, 선생님. 그럼 조금 후에 뵙겠습니다. 그리고 초고를 지금 보내주실 수 있을까요?"

–마침 핸드폰에 있으니 바로 드리겠습니다.

명석은 이메일 주소를 일러준 후 인사하고 전화를 끊었다.

커피를 홀짝이며 이메일에 접속해 보니 벌써 재건의 초고가 들어와 있었다. 4만 자 남짓으로 장편소설 한 권의 4분의 1 정도 되는 분량이었다.

'제대로군……!'

편집자로서의 명석이 지닌 매의 눈이 재건의 초고 깊숙이 파고들었다.

객관적인 부분에서 거슬리는 부분이 거의 없었다. 문장은 나무랄 데 없이 완벽했고 전개와 완급 조절 또한 출중했다.

'보통 준비하고 쓴 글이 아닌 것 같은데.'

글을 보면 단박에 느껴지는 부분이 있다.

잘 알지 못하는 요소를 상상으로 뭉뚱그려놓았는가, 혹은 발로 뛰면서 공부했는가.

지금 초고를 읽으면서 명석이 내린 결론은 당연히 후자였다.

타다다닥!

탁! 타닥!

명석은 눈으로 초고를 읽으며 손으로는 의견을 작성하기 시작했다. 간만에 편집자로서 가슴이 벅차오르고 있었다. 제대로 된 작가를 만났을 때 느낄 수 있는 희열이었다.

BIG LIFE

“아, 선생님. 혹시 한잔하시겠습니까?”

“죄송합니다, 요즘 집중해서 쓰는 중이라 술은 마시기가 어렵겠습니다. 편집장님은 한잔하시지요.”

“저도 술을 좋아하는 편이 아니니 괜찮습니다.”

구로역 인근의 부대찌개 전문 식당이었다.

명석은 부글부글 끓는 냄비 안을 국자로 휘저으며 말을 이었다.

“정말 대단하십니다. 디지털문학상 때 최우수상과 우수상을 모두 받으셨을 때부터 선생님께 주목하고 있었습니다. 여러 장르와 소재를 아우르는 필력에 어찌나 감탄했는지. 선생님과 같은 경우는 이 업계 전체를 이 잡듯이 뒤져도 손에 꼽을 정도일 겁니다.”

“아직 부족한 부분이 많아서 부끄럽습니다.”

재건은 겸손하게 말을 받으며 명석과 대화를 이어 나갔다.

명석은 언변이 좋았다. 조리 있게 재건의 작품들을 거론하며 자신이 느낀 바를 여러모로 밝혔다.

재건은 진지하게 경청하면서 이따금 기억하고 싶은 말은

메모지에 부지런히 적었다.

“이번에 쓰시는 미스터리 작품도 기대가 큽니다. 도입부부터 시선을 옭아매는 매력이 풍부합니다. 소재와 전개도 독특하고요. 아, 죄송합니다. 일단 좀 드십시오.”

명석이 황망히 말을 멈추고 재건의 접시에 부대찌개를 덜어 주었다. 두 사람 모두 대화에 열중한 나머지 밥에는 젓가락 한 번 대지 않고 있었던 것이다.

“편집장님도 드셔야죠.”

재건이 바로 국자를 부드럽게 빼앗아 들고는 편집장의 접시에 찌개를 덜어 주었다.

동생과 동기인 사실을 알기 때문일까.

재건의 겸손한 태도를 보면서 자기도 모르게 명훈과 비교하게 되는 명석이었다.

“제가 덜어도 되는데…… 감사합니다.”

두 사람은 잠시 대화를 멈추고 밥을 먹었다.

명석이 한숨을 돌리듯이 고개를 들었을 때 재건은 넌지시 물었다.

“단점은 없었습니까?”

사실상 가장 중요한 부분이었다. 오늘 명석을 만나러 나온 것도 비평을 바라는 마음이 컸기 때문이었다.

웅성이라는 거대 출판사의 현역 편집자가 신작을 읽고 어떤 생각을 했을지 궁금했다.

심지어 지금까지 나온 자신의 작품을 거의 다 읽은 사람이다. 재건에게는 계약 여부보다 명석의 진솔한 평가가 절실했다.

"말씀드렸다시피 전체적으로 아주 좋습니다."

김이 서린 안경을 벗으며 명석이 대답했다.

"이대로 선생님께서 쭉 기획한 대로 쓰시면 좋은 성적을 거두실 수 있을 거라고 확신합니다. 다만……."

명석이 말끝을 흐리며 가방을 뒤적였다. 이윽고 그의 손에 끌려나온 것은 A4 용지에 인쇄된 재건의 초고였다.

"작중 여성 캐릭터들의 매력이 다소 부족합니다."

재건이 수긍하듯 고개를 주억거렸다. 이번에도 그 부분이 내내 걱정이었는데 명석은 여지없이 재건의 단점을 지적하고 들어온 것이다.

"주요 여성 캐릭터가 셋이나 됩니다. 임신한 상태로 자살하는 이예지, 예지의 가장 친한 친구 한주희, 두 사람과 사이가 나빴던 강소연. 비중도 어마어마하구요. 그런데……."

초고를 넘기며 말하던 명석이 쓴웃음으로 뜸을 들였다.

"죄송합니다, 선생님. 솔직히 무늬만 여성이지 대화문이라든가 행동에서 여성적인 면이 많이 모자란 것 같습니다. 가장 최근작인 질풍노도의 주인공 혜영과 비교하면 그 차이

가 정말로 극명하게 드러나고요.”

“후우, 네……. 저도 느끼고 있었습니다. 이렇게 바로 지적을 해주시니 문제가 더욱 확실해졌습니다.”

반박하지 못하는 재건의 입가에도 한줄기 쓴웃음이 일었다.

두 여자의 얼굴이 눈앞에 아른거렸다. 한쪽은 혜영이란 캐릭터의 모델이 되어준 다슬, 또 한쪽은 캐릭터가 완성되도록 감성을 빌려준 수희였다.

명석이 말을 이었다.

“그렇다고 남성 캐릭터로 바꿀 수도 없는 노릇입니다. 스토리 진행 자체가 바뀌어버리니까요. 주희가 자살하기 전의 우울한 예지를 달래서 일본 오사카로 여행 가는 장면도 중요한데, 주희를 남자로 바꾸면 그게 벌써 이야기가 흐트러지는 거죠. 아, 한 가지 더 덧붙이자면 일본 여행 묘사도 조금 모자란 듯합니다.”

“일본을 아직 못 가 봐서요. 아무래도 직접 보고 묘사하는 것보다 떨어지는 부분이 있으리라고 생각합니다.”

“잘 헤쳐 가실 거라고 믿습니다.”

“노력해 봐야겠어요. 정말 감사합니다.”

재건이 진심을 담아 말을 건넸다. 머뭇거리는 낌새도 없이 올곧게 지적을 해주는 명석이 고마웠다. 겉치레 말 따위로 시간을 낭비하는 편집자가 아니어서 다행이었다.

'권 대표님이 생각나네.'

인성이 좋은지는 예단할 수 없으나 적어도 편집자로서의 면모는 태원과 비슷한 향취가 느껴졌다.

어느덧 재건은 조금씩 명석에게 호감을 품고 있었다.

'자세가 잡혔군. 천성이 글쟁이야.'

호감을 품기 시작한 것은 명석 쪽도 마찬가지였다.

쉴 새 없이 손을 놀려 중요한 이야기를 메모하는 점이라든가, 소설과 자신을 격리시켜서 이성적으로 비평을 받아들이는 재건의 모습에서 예전의 자신을 떠올리기까지 하고 있었다.

"시간은 넉넉하니 부디 초조해하시지 말고 집필하셨으면 합니다. 계약도 부담스러우시다면 재촉하지 않겠습니다. 마음 편하실 때 언제든 말씀해 주세요."

"알겠습니다."

"달리 도와드릴 부분은 없을까요?"

"글쎄요, 당장은……."

뺨을 긁적이는 재건에게 명석은 거침없이 말했다.

"혹시 집중해서 집필할 수 있는 사무실이 필요하시면 마련해 드릴 수 있습니다. 참고 자료로 요구되는 서적도 저희 출판사 것이라면 얼마든지 지원해 드릴 수 있습니다. 그 외에도 제 선에서 가능한 것이라면 얼마든지 힘을 보태드리겠습니다."

재건이 물을 한 모금 입에 머금었다. 목울대를 울리고 삼킨 끝에 그는 조심스럽게 물었다.

"죄송하지만 솔직히 여쭤보고 싶은 게 있습니다."

"말씀하세요."

"이렇게까지 해주시는 이유가 뭔가요?"

안경 너머로 동그래지는 명석의 두 눈을 보며 재건은 담담하게 말을 이었다.

"과한 겸손을 떨지는 않겠습니다. 저도 제가 신인으로서 제법 큰 성과를 거뒀다는 건 얼마간 자각하고 있습니다. 그래도 저만 한 작가는 세상에 넘쳐 나지 않습니까? 굉장히 많은 편의를 봐주시는 느낌이 듭니다."

명석은 대답에 앞서 결례가 되지 않는 미소를 엷게 지었다. 개인적으로 작용한 호감 부분을 제외하고 그는 솔직한 마음을 토해냈다.

"괴물 신인이시기 때문입니다."

"……?"

"온갖 장르에서 성과를 거두셨지요. 그런 의미에서 괴물과 같은 신인이시라는 겁니다. 미스터리 작품을 출간하시는 것만으로도 커다란 화제를 불러일으킬 거라고 확신하고 있습니다."

오늘의 만남으로 재건이라는 작가가 어떤 사람인지 조금이나마 깨달았다. 때문에 직구로 승부를 보는 게 좋으리라

판단한 명석의 말은 거침없이 이어졌다.

"게다가 희소성이 있어서 저희 입장에서는 마케팅을 하기도 무척 용이합니다. 하재건 선생님은 수많은 출판사가 찾아 헤매는 신인 작가의 표본 그 자체입니다. 저로서는 당연히 놓칠 수가 없습니다."

명석이 사심 없는 웃음으로 말을 끝맺었다.

충분히 납득한 재건은 수줍은 듯이 웃으며 고개를 끄덕이는 것으로 대답을 대신했다.

"오늘 여러 좋은 말씀 들었습니다. 편집장님 피드백 제대로 참고하겠습니다."

"피드백이랄 것도 없었지요. 여성 캐릭터들 문제를 빼면 워낙 글이 좋아서요."

"우선 일본을 한 번 다녀와야겠네요. 대충 넘어가려고 했던 제가 안일했던 것 같습니다."

재건의 말에 명석의 두 눈이 이채를 발했다.

"언제쯤 가셔서 얼마나 머무르실 예정이십니까?"

"일주일 정도면 자료 조사하기엔 충분하지 않을까 싶은데요. 빨리 다녀오는 게 좋을 것 같긴 한데, 가족여행으로 중국 한 번 갔던 것 빼고는 해외여행을 가 본 적이 없어서 좀 알아봐야겠네요."

"그러시군요. 혼자 가실 건가요?"

"네, 마음 편하게 이곳저곳 보러 다니려면 혼자가 편할 것 같아요. 일본어도 조금은 하니까요."

"알겠습니다. 아, 죄송하지만 잠시 실례 좀 하겠습니다."

명석이 재건의 눈앞에서 핸드폰을 들고는 어딘가로 전화를 걸었다.

이윽고 통화가 연결되자마자 그는 말했다.

"네, 접니다. 오사카 비행기 티켓 좀 알아봐 주세요."

재건이 반찬을 집다 말고 두 눈을 큼지막하게 떴다. 그에 아랑곳없이 명석은 핸드폰에 대고 말을 계속했다.

"작가 선생님 한 분 가십니다. 기간은 일주일. 숙소는 우메다역 인근으로 잡아주면 좋겠어요. 가능하면 빨리 출발하는 걸로. 가이드는 나중에 얘기하기로 하지요. 네네, 부탁해요."

명석이 전화를 끊고는 생긋 웃었다. 그러고는 말문이 막혀버린 재건에게 대수롭지 않다는 듯이 말했다.

"왜 진작 이런 걸 생각하지 못했는지 모르겠습니다. 잘 다녀오시고 좋은 글 써주십시오."

재건은 어쩐지 웃을 수가 없었다.

부담을 주지 않기 위해 계약도 미루겠다던 사람이 이런 식으로 기습을 가해올 줄이야.

명석은 어디까지나 사람 좋게 웃고만 있을 뿐이었다.

“오사카를 제가 왜 또 가요? 마케팅 팀 일이잖아요.”

피곤한 기색으로 항의하는 수희에게 개발 이사가 무뚝뚝하게 말을 이었다.

“개발 상황 파악하고 있고 동시통역까지 되는 사람이 이 팀장뿐이잖아. 사흘 내내 있으란 것도 아니야. 하루면 돼, 하루.”

어떻게든 거절하고 싶은 수희였다.

회의 때문에 일본으로 가는 출장은 이제 지긋지긋했다. 비행기를 타는 것도 피곤했고 낯선 호텔 침대에서 잠드는 것도 고역이었다.

드르륵!

핸드폰이 울리며 메시지가 날아들었다. 내용을 확인한 수희의 얼굴이 살며시 굳었다. 가득 배어 있었던 짜증이 빠른 속도로 지워져 가고 있었다.

-수희야, 다음 주에 오사카로 자료 조사할 겸 여행가게 됐는데 추천할 만한 여행지 없어? 너 거기 출장 곧잘 갔었지?

“응? 이 팀장, 가줄 거지?”

“어쩔 수 없네요.”

수희가 마지못한 말투로 짐짓 한숨을 내쉬며 핸드폰을 거둬들였다.

"제가 갈 수밖에. 도리가 없잖아요."

"역시 이 팀장뿐이야. 그럼 잘 부탁해."

개발 이사가 후련한 표정으로 회의실을 나섰다.

혼자 남은 수희는 다시 핸드폰을 꺼내 길지 않은 재건의 메시지를 확인하고 있었다. 쿵쿵거리는 심장 소리가 바깥까지 들릴까 봐 걱정이 될 정도였다.

-어떻게 된 거야? 갑자기 일본 여행이라니?

수희가 떨리는 손가락으로 메시지를 보냈다.

재건은 금방 답장을 보내왔다.

-쓰고 있는 소설 때문에. 등장인물이 일본 여행을 가는데 정작 난 가 본 적이 없으니까 묘사가 좀 두루뭉술하네.

-그거 완전 여행이 아니고 공부하러 가는 거잖아.

-겸사겸사 하는 거지.

-다음 주 언제 가는 거야?

-11일 후니까 금요일.

출장 일정과 다행스럽게도 맞아떨어졌다.

수희는 벌어지는 제 입을 틀어막았다.

하마터면 소리까지 내면서 웃음을 터뜨릴 뻔했다.

-오사카 쪽 여행 서적을 하나 샀어. 키타노이진칸이랑 덴포잔 마켓 플레이스랑 여기저기 소설에 쓰면 좋을 장소가 보이긴 한다. 그래도 너라면 좀 더 특별한 코스들을 추천해 줄 수도 있을 것 같아서 물어봤다.

-잘했어. 내가 숨은 맛집이라든가 가 볼 만한 곳들 정리해서 보내줄게. 혼자 가지?

-리카도 데려가고 싶었는데, 애완동물 비행기로 데려가는 게 이렇게 절차가 까다로울 줄은 몰랐네.

-일본이 검역이 특히 심해. 그래, 일단 알았어. 나 아직 회사니까 퇴근하고 이따 연락할게.

-고마워.

수희는 일본 출장에 관한 일을 언급하지 않고 대화를 끝마쳤다. 갑작스레 나타나서 재건을 놀라게 하고 싶었다.

일본에서 자신과 마주친 재건의 기겁할 얼굴을 생각하니 웃음이 쿡쿡 새어 나왔다.

26장
정지라는 단어는 모른다

태원이 마련해 준 부천의 작가 사무실.

드넓은 공간에 사람은 단둘뿐이었다.

민호와 은영이 각자의 자리에서 키보드를 두드리며 소설을 집필하고 있었다.

"형."

"어."

"이따 점심 뭐 먹을래?"

"나 오늘 집에 내려간다고 말했잖아. 곧 나가야지."

"그랬지, 참. 나 혼자 먹어야겠네. 현경이도 집에 갔으니."

"점심 같이 먹어줘?"

"아냐, 형 기차 시간도 빠듯한데."

민호가 키보드를 두드리던 손을 멈추고 돌아보았다.

짧게 친 은영의 단발머리를 바라보면서 그는 물었다.

"너 왜 또 한동안 안 그러다 나한테 형이라고 하냐?"

"이쪽이 편하니까."

"이제 나이도 찼는데 평범하게 오빠라고 하지?"

"입에 안 붙는 걸 어떡해. 간지러워."

은영은 타자를 두드리는 손을 늦추지 않으며 태연하게 대꾸하고 있었다.

민호는 고개를 절레절레 내저으며 자신의 컴퓨터로 시선을 되돌렸다.

벌써 20년이 다 되어가는 호칭이다. 고등학생 시절 문예반에서 만났을 때부터 자신에게 오빠가 아닌 형이라는 호칭을 썼다.

단순히 성격이 털털해서일까?

돌이켜 보면 그것만도 아닌 것 같았다.

은영이 형이라고 부르는 사람은 민호의 기억에 따르면 오직 자신뿐이었다.

"형, 커피 마실래?"

"나는 마셨다."

은영이 주방으로 가 커피를 한 잔 탔다. 뜨거운 커피를 호호 불며 핸드폰을 들여다보던 그녀는 탄성 어린 목소리로 중얼거렸다.

“우와, 더 브레스 엄청나네. 네이빈 스토어 아직도 1위야.”

‘더 브레스’가 2주째 1위의 자리를 고수하고 있었다. 문피앙에서 연재를 시작한 ‘더 브레스’는 이제 코코아 페이지와 네이빈 스토어를 비롯한 수많은 메이저 플랫폼에서도 서비스되고 있었다.

민호가 노트북을 끄고 일어서며 말을 받았다.

“코코아 페이지에서도 성적 장난 아니더라.”

“형, 네이빈 스토어는 매출 순위랬지? 코코아가 클릭된 횟수 순위고.”

“어, 맞어.”

“그럼 대체 하 작가님 한 달에 얼마를 버신다는 거야?”

“프로모션 끝나면 약발 좀 떨어지는 거 감안하고라도 이번 달에 2억 5천에서 3억 사이는 되지 않을까 싶은데. 다음 달에도 1억은 넘길 거고.”

“…….”

은영이 벌어진 입을 다물지 못하고 고개를 내저었다. 매달 200만 원씩이라도 꼬박꼬박 벌어들이면 더 바랄 게 없을 그녀에게는 현실감이 도저히 느껴지지 않는 금액이었다.

“부럽다, 정말.”

“그런 거 부러워하지 말고 열심히 쓰기나 해, 짜샤.”

"숙녀한테 짜샤가 뭐냐?"

"너는 숙녀라면서 남자한테 형이 뭐냐? 나 이만 간다."

민호가 미리 챙겨둔 웃옷을 걸치고 가방을 등에 짊어졌다. 아쉬움이 가득한 은영의 눈초리가 민호의 손끝을 좇고 있었다.

"언제 와?"

"며칠 걸리겠지. 왜? 현경이도 없고 혼자 지내려니까 심심해?"

"어, 완전 심심하니까 빨리 와. 맛있는 거 사오고."

민호가 현관으로 가 신발을 신었다. 그 뒤를 쫓아가 선 은영이 어깨에 내려앉은 먼지를 손으로 툭툭 털어주었다. 구겨진 옷깃을 세심하게 펴주는 것도 잊지 않았다.

"깔끔하게 좀 하고 다녀, 형."

"이거 네가 입으라고 골라준 거잖아."

"다림질이라도 진작 해놓지. 아니면 미리 말하든가."

"알았다, 알았어. 사무실 잘 보고 있어. 전화할게."

"조심해서 다녀와."

민호가 나가고 문이 닫혔다. 순식간에 적막해진 사무실 한가운데에서 은영은 짧게 한숨을 내쉬었다.

이제부터 며칠 동안 이 넓은 사무실에서 혼자 글을 써야 한다니. 간만에 햇살이 비치는 창밖을 보니 뛰어나가고 싶은 충동마저 밀려왔다.

'나가긴 어딜 나가. 먹고 죽을 돈도 없는데 글이나 써야지.'

은영은 억지로나마 마음을 다잡고 자신의 자리로 돌아와 앉았다. 그런데 얼마 지나지도 않아 현관에서 암호를 누르는 소리가 울려왔다.

'뭐 놓고 갔나?'

당연히 민호라고 생각하고 돌아보는 와중에 문이 열렸다.

은영의 예측은 틀렸다. 리카를 품에 안은 재건이 웃는 얼굴로 들어오고 있었다.

"어머, 하 작가님."

"안녕하세요. 혼자 계셨나 봐요?"

"네, 다들 집에 갔어요. 갑자기 어쩐 일이세요? 최근 집중하신다고 두문불출하시더니."

"집에서만 쓰니까 또 막혀서요. 바람도 쐴 겸 나왔어요."

재건이 바닥에 리카를 내려놓았다.

리카는 즉시 우아하게 걸음을 옮겨 은영에게로 향했다.

은영이 맞이하듯 두 손을 내밀었고 리카는 가볍게 도약하더니 그녀의 무릎 위에 안착했다.

"리카, 잘 살았어? 언니 보고 싶었어?"

"장 작가님을 잘 따르네요."

"그러게요. 간식을 잘 챙겨줘서 그런가?"

재건은 리카를 은영에게 맡기고 자신의 자리에 앉아 노트북 전원을 켰다.

그런데 불쑥 등 뒤에서 은영이 질문을 던져 왔다.

“하 작가님, 죄송한데 뭐 좀 여쭤봐도 될까요?”

“말씀하세요.”

“민호 형 마왕재림이요. 성적이 정말로 괜찮은 편인가요? 어느 정도 인세는 나오겠죠? 저한테는 통 말을 안 해서요. 먼저 물어볼 수도 없고.”

은영의 목소리에는 민호를 향한 숨길 수 없는 근심이 가득했다.

재건은 싱긋 웃으며 고개를 끄덕였다.

“순항하고 있으니 크게 염려하시지 않아도 될 겁니다.”

“하 작가님이 그렇게 말씀해 주시니 조금 맘이 놓이네요.”

“그렇게 걱정되세요?”

“나이가 서른다섯인데 이제 어깨 좀 펴고 살아야죠. 형 엄청 노력하는 사람인 거 알거든요. 결혼하는 바람에 몇 년 못 보고 살았는데. 그사이에 왜 저렇게 말랐는지.”

“경기 좋아지면 또 팍팍 찌실 겁니다.”

재건은 은영이 민호를 마음에 두고 있음을 어렴풋이 짐작하고 속으로 웃었다. 나란히 떠올려 보면 썩 잘 어울리는 두 사람이었다.

‘아니, 지금 남의 연애사가 문제가 아니지.’

미스터리 소설 초고 파일을 화면에 띄운 재건은 즉시 시름에 잠겼다. 눈앞이 막막했다. 이 부족한 여성 캐릭터들에게 무슨 수로 활력을 불어넣어 줘야 할 것인가.

'장은영 작가님하고 상의해 볼까. 여자분이니…….'

재건이 그렇게 고민하고 있는 사이, 은영도 다리에 앉혀 놓은 리카를 어루만지며 속으로 말을 건네고 있었다.

'리카, 우리 민호 형 잘되게 좀 도와줘. 나랑 놀러 다닐 생각 팍팍 들게. 알았지?'

은영의 시선이 리카의 영롱한 두 눈과 교차했다.

은영은 귀여운 표정을 참지 못하고 리카를 가슴 가득 끌어안았다. 서로를 향해서 열린 두 마음이 연결되었다.

바로 그 순간.

은영의 어깨 위로 고개를 쏙 내민 리카의 두 눈이 광채를 발했다. 양쪽 눈은 각각 재건과 은영의 모습을 또렷하게 투영하고 있었다.

'으음……?!'

재건이 뒷목을 젖히며 두 눈을 치켜떴다.

자주 있는 일은 아니지만 더 이상 낯설지만은 않은 이질적인 이 감각. 리카를 통한 감성 공유가 시작된 것이 분명했다.

'리카, 이거 또…… 맞는 거냐?!'

'야옹.'

어느새 창틀 앞에 자리를 잡은 리카가 눈빛으로 대답하고 있었다.

재건은 리카에게로 향해 있던 시선을 천천히 은영에게로 옮겼다. 은영은 잠시 멈췄던 글쓰기를 재개하고 있었다.

'뭐야, 이거? 숨이 왜 이렇게 가쁘지……?!'

뜨겁고도 끈적거리면서 알싸한 이 느낌. 재건은 어린 시절 우연한 기회에 처음으로 접했던, 소위 '야동'에 관한 기억을 떠올리고 있었다.

당시 부서질 것처럼 뛰었던 심장과 아랫배가 찌르르 울리던 감각, 그리고 사흘 내내 잠도 제대로 못 자고 앓았던 기억마저 고스란히 되살아났다.

'으으으…… 그래, 맞아. 장 작가님 19금 로맨스 쓰셨지……!'

어쨌든 이것은 놓칠 수 없는 호기다. 리카가 마련해 준 이 특별한 시간을 단 1분도 낭비할 순 없다.

재건은 기다란 심호흡을 하면서 머리끝까지 치민 흥분을 최대한 가라앉혔다. 힘이 가득 들어간 열 손가락이 키보드 위로 옮겨가고 있었다.

'좋아, 간다!'

타다다닥! 타닥!

타다닥!

열 손가락을 통해 은영의 감성이 쏟아져 나오기 시작했다.

가뭄을 만난 댐이 방수하듯이 거침이 없었다.

끝도 없이 밀려오는 은영의 감성은 부자연스럽고 어색했던 여성 캐릭터들을 하나하나 튼실하게 보완해 나가고 있었다.

'어쩜 저렇게 빨리 집중하시지? 역시 아무나 인기작가가 되는 건 아닌가 봐.'

은영이 재건을 힐끗 돌아보며 혀를 찼다. 재건의 손가락에 날개를 달아준 사람이 자신이라는 사실은 꿈에서조차 알 수 있을 턱이 없었다.

재건은 은영이 자신을 쳐다보는 줄도 모르고 수정 작업에만 매진했다. 30분이 지나고, 1시간이 넘어가도 그의 손가락은 단 한순간도 멈추지 않았다.

'대박이야, 역시 나오길 잘했어! 리카짱짱캣! 장은영 작가님, 고마워요!'

은영의 감성은 3명의 여성 캐릭터 중 강소연과 특히 잘 어울렸다. 다소 드세게 느껴질 만큼 대범하고 남성적으로 털털한 성향 등등이 기가 막힐 정도로 딱 맞아떨어지고 있었다.

재건은 시간의 흐름을 잊고 글을 썼다. 기존 분량을 수정하는 것만이 아니라 새로운 전개마저 연달아 이끌어내고 있었다. 은영의 감성을 공유한 덕분이었다. 여자로서 떠올릴 수 있는 상큼하고 다양한 전개가 앞다투어 워드 프로그램을 빼곡하게 채워갔다.

"저기, 하 작가님. 저녁 안 드세요?"

은영이 뻐근해진 손목을 누르며 물었다. 어느덧 창밖의 세상은 어둠이 내리깔려 있었다. 재건은 대답이 없었다. 작업에 집중한 나머지 듣지 못했다. 은영이 가까이 다가가 어깨를 두드리자 비로소 고개를 들고 뒤를 돌아보았다.

"네? 말씀하세요."

"하 작가님……! 괘, 괜찮으신 거예요?"

은영이 사색이 되어 제 입을 손으로 가렸다. 재건의 얼굴이 땀으로 범벅이었던 것이다. 핏기도 하나 없이 푸르뎅뎅한 안색은 한눈에도 상태가 몹시 나빠 보였다.

"제가 왜요?"

"무슨 땀을 이렇게 흘리세요? 과로하신 거 아닌가요? 안색도 너무 안 좋으세요."

"아아, 너무 집중했나. 저, 세수 좀 하고 올게요."

재건은 비틀비틀 욕실로 가서는 찬물로 얼굴을 씻었다. 그러더니 곧바로 자기 자리로 돌아와 키보드 위로 손가락을 올렸다. 은영이 자기도 모르게 재건의 의자를 잡아당겼다.

"하 작가님, 좀 쉬었다 하세요."

"저 괜찮은데요."

"6시간 반을 쉬지도 않고 계속 쓰셨어요. 제가 안 괜찮아요. 입맛 없으시더라도 가볍게 저녁 드세요. 그리고 또 쓰시면 되잖아요."

"으음…… 그렇게 할까요. 그럼 잠시만요."

재건은 명석의 메일로 수정한 원고를 발송하고 일어섰다.

배 속에서 꼬르륵 소리가 났다. 생각해 보니 이른 아침을 먹은 뒤로 아직까지 식사를 전혀 하지 않았다.

"장 작가님, 뭐 드시고 싶으세요? 전 다 괜찮습니다."

"우리 시켜 먹지 말고 나가서 먹어요. 산책도 할 겸. 여기 아케이드에 식당 많더라고요."

"그렇게 하시죠, 그럼. 리카, 오빠 밥 좀 먹고 올게."

은영과 나란히 오피스텔을 나서면서도 재건의 머릿속은 오로지 소설에 대한 생각뿐이었다.

팔딱팔딱 뛰는 양쪽 관자놀이를 손가락으로 누르며 재건은 집에 두고 온 서건우의 머그컵을 떠올렸다.

'머그컵을 가져왔으면 체력도 문제없는데. 그래도 소중한 거니까 집에서만 써야지.'

서건우의 유품 중에서 밖에 가지고 다니는 건 뿔테 안경뿐이었다. 사고로 분실 혹은 파손이라도 되면 큰일이다. 가능하면 뿔테 안경도 집에서만 쓰고 싶었지만 책을 접할 일이 빈번해서 조심히 지니고 다니는 중이었다.

"돈가스랑 우동 어때요?"

"좋네요. 들어가시죠."

재건은 뭐든 빨리 먹고 돌아가 글을 쓰고픈 마음이었기 때문에 덮어놓고 은영의 제안을 수락했다.

두 사람은 식당에 들어가 각자 음식을 주문했다.

"맛이 괜찮죠?"

"네네, 맛있어요."

진공청소기처럼 우동 면발을 빨아들이고 난 재건이 입안의 음식물을 꿀꺽 삼키자마자 대답했다. 은영이 미간을 좁히며 나무라듯 말했다.

"천천히 드세요. 체하시겠어요. 지금도 글 쓰실 거 생각만 하시는 거죠?"

"아니에요. 그냥 원래 빨리 먹습니다."

드르륵!

핸드폰이 울리며 명석으로부터 전화가 걸려왔다. 재건은 즉시 통화 아이콘을 당겨 전화를 받았다.

"네, 편집장님."

-하 선생님, 도대체 무슨 마법을 부리신 겁니까?

"마법이라니요?"

-여성 인물 묘사랑 전개가 완전히 달라졌지 않습니까? 이렇게 쓰실 수 있었으면 진즉 이렇게 쓰시지 않고요!

소리치는 듯한 명석의 목소리는 재건을 넘어 맞은편의 은영에게까지 들릴 정도였다.

재건이 머쓱하게 웃어 보였다.

잠시 핸드폰을 손으로 막은 그는 무척이나 고마운 은영에게 속삭이듯 말을 건넸다.

"드시고 싶으신 거 있으시면 다 시키세요."

두 눈을 치켜뜨는 은영 앞에서 재건은 통화를 이어갔다.

"좋게 봐 주셔서 다행입니다. 편집장님 눈에 어떻게 비칠까 걱정이 많았는데."

—사실 남성 작가가 여성의 내면을 표현하는 건 정말 쉬운 일이 아니지 않습니까. 이건 머리로 이해하거나 습작만 죽어라 한다고 해결될 문제가 아니거든요. 여자라는 인간을 이해해야 자연스러운 글줄이 나오는 거니까요.

"그래서 여성 작가는 주인공을 여성으로 곧잘 삼고, 남성 작가는 남성으로 삼고 그런 것 같기도 해요."

—하하하, 하여튼 진심으로 감탄했습니다. 또 작업 진행하시는 대로 틈틈이 보내주시면 바로바로 검토하도록 하겠습니다.

"고맙습니다, 그럼 수고하세요."

—선생님도 수고하십시오.

전화를 끊은 재건은 핸드폰을 주머니에 집어넣으며 은영

에게 말했다.

“더 드시고 싶으신 거 없으세요? 메밀소바 하나 드신 걸로는 부족하실 것 같아서요.”

“하 작가님이 쏘신다는 거죠?”

“그럼요.”

“모둠초밥 먹어도 돼요?”

재건은 아예 손을 들어 종업원을 불렀다.

“여기 모둠초밥 큰 걸로 하나 주세요.”

“작은 거 하나 시키셔도 되는데.”

“커봤자 12개밖에 안돼요.”

“그래요, 하 작가님 엄청 돈 잘 버시니까 마다할 것도 없이 잘 받아먹겠습니다.”

은영은 시원스러운 면모를 발휘해서 추가로 주문한 모둠초밥을 깨끗하게 비워 버렸다. 단지 계산을 하고 나오는 길에 걱정스러운 듯이 덧붙였을 뿐이다.

“또 살찌겠네.”

“보기 좋은데 왜요?”

“지금 54인데 50킬로까진 빼고 싶거든요.”

“지나치게 말라도 별로예요. 신경 쓰지 마시고 그냥 드시고 싶은 거 드시면서 사세요.”

“결혼 생활 내내 그렇게 살다가 65킬로까지 찍어봤어요.”

재건은 쓴웃음으로 말을 받았다.

그가 보기에 은영은 딱히 자신의 이혼 경력을 숨기려거나 부끄러워하지 않는 눈치였다. 왜 이혼했는지 조금 궁금해지긴 했지만 재건은 말을 아끼기로 하고 화제를 돌렸다.

"소화도 시킬 겸 저랑 마트 다녀오실래요?"

"마트요? 뭐 사실 거 있으세요?"

"살 거야 가 보면 이것저것 많이 있겠죠."

재건은 작가 사무실의 냉장고를 떠올리며 말하고 있었다.

은영이 만든 김치를 비롯한 몇 가지 밑반찬을 빼면 냉장고는 텅 비어 있다시피 했다. 그나마 여자인 은영이 입주하고 나서 사정이 훨씬 나아진 편이라 할 수 있었다. 민호와 현경 둘만 있었을 때의 냉장고는 눈물겨워서 차마 열어보기도 힘들 정도였다.

'나온 김에 장을 넉넉하게 보자. 나도 일본 가기 전까진 여기서 말뚝을 박아야 하니까.'

은영의 감성을 공유하며 하루 동안 작업을 해본 재건은 이미 결정을 내렸다. 앞으로 약 10일 동안 작가 사무실에서 글만 쓰면서 뼈를 묻을 각오였다.

"차를 가져가죠."

"걸어서 10분도 안 걸리는데요?"

"생각보다 많이 살지도 모르니까 차를 끌고 가는 게 낫겠어요.”

차를 달려 마트에 도착한 재건은 카트를 끌고 다니며 온갖 먹을거리를 담기 시작했다. 요리에 쓸 조미료나 부재료 쇼핑을 부탁받은 은영은 다른 코너로 가고 없었다.

‘삼겹살, 차돌박이…… 닭 10마리, 고기는 이 정도면 됐고. 계란 10판, 냉동 만두, 돈가스, 어묵, 햄, 참치, 식빵, 사과, 토마토, 바나나, 우유, 주스, 쌀도 20㎏짜리 하나 사야지.’

보이는 대로 집어넣다 보니 금세 커다란 카트가 꽉 찼다.

과자 한 봉지도 넣을 수 없게 되어서야 재건은 낑낑거리며 카트를 계산대 쪽으로 돌렸다.

“하 작가님, 뭘 이렇게 많이 사셨어요?!”

계산대 앞에서 다시 만난 은영은 카트를 보자마자 기겁했다. 산처럼 쌓인 식재료에 가려져 재건의 상반신이 보이지 않을 정도였다.

“계산 부탁드릴게요. 전 나가서 박스 좀 만들게요.”

재건이 체크카드를 건네주고 계산대 밖으로 나갔다. 그가 테이프를 붙여 3개의 커다란 박스를 만드는 동안에도 계산은 끝이 나지 않았다.

“38만 7,620원입니다.”

“여, 여기요.”

은영은 입을 다물지 못하고 계산을 마쳤다.

이윽고 박스를 전부 만든 재건이 와서 그녀와 함께 물품을 담았다.

“진짜 너무 많이 사셨다. 이거 죄송해서 어떡해요.”

“저도 한 열흘 사무실에 있을 거예요. 같이 먹는 건데 죄송해하실 거 없으세요.”

재건은 힘차게 카트를 밀었다. 은영에게 받은 도움을 생각하면 이 정도 보답은 별것도 아니었다. 꽉 찬 카트가 전혀 무겁게 느껴지지 않았다.

BIG LIFE

본격적인 집필이 시작되었다.

하루가 지나고 이틀, 다시 사흘의 시간이 흘러갔다.

재건의 열 손가락은 오늘도 키보드 위를 쉴 새 없이 날아다니고 있었다.

‘후우, 좋아. 여기서 예지가 기분을 전환할 겸 술을 마시는 것보단 미용실에 가는 게 좋겠지. 아니, 그전에 폭식과 쇼핑부터 시킨다!’

타다다닥! 타닥!

타다다다닥!

리카는 재건을 결코 실망시키지 않았다. 은영과의 감성 공유는 한순간도 끊어지는 법이 없었다. 덕분에 재건은 막힘없이 수월하게 글을 쓰고 있었다.

산책하는 시간을 제외하고는 사무실 밖으로 한 발짝도 나가지 않았다. 30분에 불과한 이 산책마저도 건강을 염려한 은영 때문에 억지로 하는 중이었다.

'왜 이렇게 힘들지. 체력이 약해진 건가?'

땀으로 흥건해진 목덜미를 수건으로 닦으며 재건은 고개를 갸웃거렸다. 사무실 내의 온도는 적당했다. 그런데도 몇 시간 작업하다 보면 땀이 비 오듯이 흘러내리는 것이다.

숨이 가빠오고 시야가 흐려지면서 사물이 둘로 겹쳐 보이는 일도 다반사였다.

감성을 공유하는 동안 기력 소모가 몇 배로 극심해진다는 사실을 아직도 재건은 깨닫지 못하고 있었다.

"야옹."

창틀에서 조용히 볕을 쬐고 있던 리카가 노트북 옆으로 뛰어올라 재건을 쳐다보았다. 애처롭게 빛나는 두 눈이 마치 휴식을 취하라고 말하는 듯했다.

'미안, 리카. 조금만 더 쓰고.'

재건은 달아오른 손으로 리카의 목덜미를 한 번 쓰다듬었을 뿐 바로 집필을 이어 나갔다.

바로 그때 등 뒤로 다가온 은영이 재건의 의자를 두드리며 말을 걸었다.

"식사하실 시간이에요."

"네?"

재건이 고개를 치켜들고 시계를 바라보았다.

그리고 스스로 놀랐다. 아침 7시부터 글을 쓰기 시작해서 얼마 지나지도 않은 것 같은데 벌써 정오가 지나가고 있었다.

"벌써 이렇게 됐네."

"너무 집중하시는 거 아니에요? 한 시간에 10분씩이라도 쉬세요. 옆에서 보기 불안해 죽겠어요. 다 차려놨으니까 얼른 오세요."

두 사람은 점심을 먹고 오피스텔 주변의 공원을 산책했다. 느릿한 걸음을 옮기며 오가는 소소한 대화 속에서 두 사람의 얼굴엔 연신 웃음꽃이 일었다.

"지금 쓰시는 미스터리 또 대박 나실 거 같아요."

"장 작가님 보시기에도 괜찮았어요?"

"그렇다니까요. 제가 로맨스만 11년 썼어요. 남자 로맨스 작가가 왜 거의 없는 줄 아세요? 제대로 여성의 심리라든가 감성을 표현하지 못해서 그래요. 근데 하 작가님은 진짜 표현력 대박. 저 이거 읽으면서 완전 제 이야긴 줄 알았어요."

재건은 그저 웃을 수밖에 없었다. 은영의 감성을 빌려서 표현했으니 그녀가 동질감을 느끼는 것도 전혀 무리가 아니다.

"저는 결혼 정보 회사 설문 조사를 가끔 봐요. 소설 쓸 때 남녀별로 심리 표현에 참고하려고요."

"으음, 네."

은영이 자기 핸드폰을 들어 보이며 말을 이었다.

"보세요, 친구 결혼식에 가면 가장 많이 보는 게 남자는 신부 외모래요. 그에 반해 여자는 배우자 능력이고요. 이런 걸 그냥 지식으로 이해하고 표현하면 재미있겠어요? 어째서 여자들은 외모보다 능력을 더 보는지, 그 내면의 기저에 깔린 심리가 뭔지 알아야 해요."

"그렇군요."

"이런 걸 정말 여자의 입장에서 자연스럽게 끌어내야 독자들의 공감대를 불러일으킬 수 있다는 거죠. 이게 말처럼 쉬운 일이 절대 아니에요. 노력에도 한계가 있고요. 그런 면에서 하 작가님 글을 보고 감탄한 거예요."

"몸 둘 바를 모르겠네요. 고맙습니다."

대답하는 동시에 주머니에서 핸드폰이 울렸다.

꺼내 보니 명석의 전화여서 재건은 바로 받았다.

"네, 편집장님."

–보내주신 거 전부 읽어봤습니다. 아주 좋습니다. 물 흐르듯이 진행되네요. 추가로 주신 두 챕터도 이야기 좋았고요.

"다행입니다."

-그런데 말입니다, 선생님. 한 가지가 마음에 조금 걸립니다.

"그게 뭐죠?"

재건이 산책하던 걸음을 멈추고 그 자리에 섰다. 다소 긴장한 듯한 그의 낯빛을 보고 은영도 가만히 기다려 주었다.

-일단 전체적으로 여성 캐릭터들 아주 좋아진 건 맞습니다. 그런데 조금…… 개성이 부족해 보입니다.

"개성이요?"

-네, 개성이요. 이예지, 한주희, 강소연 세 인물의 성격이 다 엇비슷해요. 예지는 해맑으면서 긍정적이고, 주희는 냉철하면서 이지적이고, 강소연은 대범하면서도 남성적인 매력을 가진 캐릭터잖아요. 근데 셋 다 강소연이 된 것 같다는 느낌입니다.

"아아……."

재건은 침음으로 대답을 때우며 파란 하늘을 올려다보았다. 자각하지 못하는 사이에 모든 인물을 은영의 감성으로 채워 버린 것이리라.

-사실 이대로도 충분히 좋습니다. 시장에 나가도 반응 좋을 겁니다. 하지만 선생님의 저력을 경험한 제 입장에서는 훨씬 더 좋아질 수 있을 거라고 생각해서 말씀을 드려보는 겁니다.

"알겠습니다. 더 고민해 보겠습니다. 좋은 지적 감사드립니다."

—네, 선생님. 다시 연락드리겠습니다.

전화를 끊고 나서도 생각은 멈추지 않았다. 가만히 지켜보던 은영이 옆의 벤치를 가리키며 말을 붙였다.

"서 계시지 말고 잠깐 앉으세요."

"아아, 네."

재건은 생각을 하느라 홀린 듯이 허공을 쳐다보며 벤치로 가 몸을 앉혔다.

어떻게 이 난관을 타개해야 할까.

두 여자의 얼굴이 해답으로 떠오르고 있었다.

'이예지는…… 소미 씨다!'

핵심 사건의 시발점이 되는 이예지가 급선무였다. 여러모로 소미와 꼭 닮은 캐릭터이기도 했다. 감성을 공유했던 전력이 있기에 잘될 거라는 자신감도 있었다.

재건은 핸드폰을 다시 꺼내 들며 은영에게 물었다.

"혹시 일러스트레이터가 사무실에 와서 작업하는 거 어떻게 생각하세요?"

"그런 걸 저한테 왜 양해를 구하세요. 하 작가님 사무실인데 마음대로 하셔도 되죠. 근데 어떤 일러스트레이터요?"

"지금 장 작가님 로맨스 소설 표지 그리고 있는 분이요."

"어머, 그 정소미 씨요? 마왕재림이랑 슬래터 표지도 그리셨던? 저야 완전 좋죠. 그림 너무 잘 그리셔서 한번 만나보고 싶었는데!"

"올지 안 올지 확실하진 않아요."

지금 이 시간에도 회사에서 열심히 일하고 있을 것이다.

재건은 전화 대신 메시지를 작성해서 소미에게 보냈다.

BIG LIFE

"이거 초교를 월요일 아침까지 보라고? 아니, 어쩜 진짜……!"

이 대리는 기가 차다 못해 할 말마저 잃었다.

편집부 직원 두 사람이 휴가를 갔다는 이유로 세 사람 몫의 업무가 소미에게 주어졌다.

다음 주 출간을 앞둔 신작 판타지 소설의 1~2권 원고, 그리고 기존에 출간된 작품들의 연결권 원고가 몽땅 소미에게 할당된 것이다.

"미쳐, 진짜. 이걸 소미 씨 혼자 전부 어떻게 하라는 건데? 내가 도와줘도 못 해."

이 대리는 작업 목록을 훑으며 신음하듯 중얼거리고 있었다.

"뭐야? 다음 주 일정 아닌 것들도 끼었잖아? 던전에 미쳐라 7권, 술이 답이다 5권, 이계폭마룡 4권……. 왜 이런 것까지 지금 난리래?"

힘없이 두 눈을 내리깐 소미의 머리는 오늘도 양어깨 위로 늘어져 있었다.

점심으로 주문한 볶음밥은 3분의 1도 채 먹지 못했다. 도무지 입맛이 없었다.

오늘 아침에도 편집장은 그녀를 보며 왜 요즘 당고머리를 안 하냐고 빈정거렸다. 그런다고 다시 당고머리를 하면 또 인터넷에 나오겠다고 빈정거릴 것이 뻔했다.

"정말 갑질이라는 게 뭔지 제대로 경험하네. 소미 씨, 신간부터 초교 나랑 같이 하자. 내가 도와줄게."

"아니에요, 언니. 제가 해봐야죠. 주말 내내 하면 어떻게든 될 거예요."

말은 그렇게 했지만 걱정이었다. 당장 래프북스를 통해 부탁받은 표지 작업을 마무리를 할 계획이었기 때문이다.

주말이 아니라 목요일인 오늘부터 밤을 새우게 생겼다.

드르륵!

메시지가 날아든 테이블 위의 핸드폰이 빛났다. 액정에 떠오른 이름을 본 소미는 힘든 와중에도 반가운 눈빛으로 내용을 확인했다.

-소미 씨, 요즘 작업 잘되어 가세요?

"하 작가님이지?"

표정만으로 알아챈 이 대리가 짓궂게 웃으며 물었다.

소미는 수줍게 웃으며 답장을 보냈다.

-괜찮아요. 층간 소음이 심해서 집중력이 가끔 흐트러질 때는 있지만요.

-그래요? 래프북스에서 사무실 만들어줬는데 주말에 오셔서 작업하실래요? 소미 씨가 표지 그린 작가님들도 다 여기 계세요.

예기치 못한 제안에 소미의 입술이 살며시 벌어졌다.

재건과 같은 공간에서 작업을 하게 된다는 건가.

그녀는 떨리는 가슴을 안고 바로 답장을 적었다.

-제가 가도 괜찮을까요? 작업도 작업이지만 사무실 한번 구경해 보고 싶기는 했어요.

-그럼요. 여기 컴퓨터도 남는 거 있어요. 램 8기가니까 일러스트 작업에 무리 없을 거예요. 태블릿만 가져오세요. 숙식도 가능하니까 알아두시고요.

-정말 고맙습니다. 그럼 금요일 저녁에 연락드릴게요.

-네, 소미 씨. 수고해요.

소미는 환해진 얼굴로 핸드폰을 내려놓았다. 조금 전까지만 해도 만연했던 울적한 기색은 온데간데없었다.

"중증이다, 중증."

"뭐가요, 또……. 아이스크림 드실래요, 언니?"

"좋지, 나는 슈팅스타. 소미 씨는 또 그 치약 먹을 거지?"

"치약이라고 하지 마세요. 민트 초코칩이에요."

나쁜 일만 계속되다가도 좋은 일이 꼭 생긴다.

기묘하게 균형을 이루는 인생.

소미는 최대한 즐겨보기로 새삼 마음을 다잡으며 자리에서 일어섰다.

BIG LIFE

"간만에 집에 가니 엄청 좋은가 봐."

"누구요? 민호 형이요?"

"응, 어머니가 잡으셔서 며칠 더 있다가 올라온다고 하네."

금요일 저녁의 사무실에는 은영과 현경, 그리고 리카뿐이었다. 재건은 갈아입을 옷과 참고 자료를 챙기러 집에 가고 없었다.

“저녁은 하 작가님 돌아오시면 같이 먹자.”

“그래요.”

은영이 커피를 타려고 일어섰다.

현경은 고개를 잔뜩 숙이고서 핸드폰을 들여다보고 있었다.

‘연애하나?’

현경의 등을 바라보며 은영이 고개를 갸웃거렸다.

며칠 집에 다녀오더니 핸드폰을 사용하는 빈도가 부쩍 늘었다. 오늘 현경이 30분 이상 집중력을 유지해서 글을 쓰는 모습을 못 본 것 같았다.

‘여자가 생겼군, 이 녀석!’

은영은 짓궂은 미소를 입가에 떠올린 채 살금살금 발소리를 죽이고 가까이 다가갔다.

어깨 너머로 현경의 핸드폰을 엿본 그녀의 얼굴은 웃는 그대로 경직되었다.

“주식……?”

은영이 무심코 입을 벌려 중얼거리고 말았다.

그와 동시에 현경이 화들짝 놀라며 돌아보았다.

“현경이, 너. 주식하니?”

“아, 누나……. 그냥 재미로 조금 하는 거예요.”

“돈이 어딨다고 주식을 해? 너 설마 선인세 받은 걸로 하는 거야? 그거 생활비만 해도 빠듯하잖아.”

"친구가 확실한 거 있다고 추천해 줘서요. 이거 보세요. 벌써 수익률 30퍼 넘어가고 있잖아요. 저 벌써 35만 원 정도 벌었어요, 누나."

현경이 자랑스럽게 핸드폰을 들어 보였다. 그러나 은영은 고개를 절레절레 내저으며 한숨을 내쉴 뿐이었다.

"빨리 정리해. 주식은 무슨 주식이야? 글이나 써."

"50퍼까지는 올라갈 거예요. 그때 팔아야죠. 그리고 더 안 할 거예요."

"내가 이혼한 남편 포함해서 수익 났다고 제대로 이익 실현하는 사람 주변에서 한 명도 못 봤어. 그놈의 욕심이란 게 뭔지. 현경이, 너. 진짜 그러다 큰일 나."

은영은 주식에 민감할 수밖에 없는 사람이었다. 이혼한 여러 이유 중에 남편의 주식 실패와 빚도 한몫을 단단히 했던 것이다. 타고난 투자자도 있겠지만 그녀가 보기에 현경은 그런 냉철한 부류와 거리가 먼 사람이었다.

"민호 형한테 말하지 마세요."

"찔리기는 하나 보지?"

"그냥 좀…… 뭐라고 할까 봐서요. 알았죠, 누나? 진짜 부탁해요."

"몰라, 약속은 못 해. 너 계속 이렇게 주식에 한눈팔면서 글도 제대로 안 쓰면 말할 수밖에 없지."

"아, 누나. 진짜 이것만 팔면 더 안 할게요. 말하지 마세요. 아셨죠?"

삐삐삐삐.

현관에서 비밀번호를 입력하는 소리가 울렸다. 두 사람은 대화를 멈추고 그리로 시선을 모았다. 열린 문으로 재건과 소미가 들어오고 있었다.

"들어오세요, 소미 씨. 아, 인사하세요. 이쪽은 작가님들 표지 그려주신 정소미 씨요. 그리고 소미 씨, 저쪽은 양현경 작가님이랑 장은영 작가님이세요."

"안녕하세요, 처음 뵙겠습니다. 정소미입니다."

소미가 허리를 90도로 숙여 인사했다.

현경은 한 박자 늦게 따라오는 그녀의 묶은 머리끝을 멀거니 쳐다보고 있었다.

'이렇게 귀여운 편집자가 있다고?! 구라!'

뒤이어 은영이 서글서글한 웃음으로 소미를 맞았다.

"어서 오세요. 그림을 너무 잘 그리셔서 꼭 한번 뵙고 싶었는데 이렇게 뵙게 되네요."

그럭저럭 인사를 끝마친 다음 재건은 소미를 자신의 옆자리로 안내했다. 듀얼 모니터와 컴퓨터가 준비되어 있었다.

"모니터가 둘인 게 아무래도 편하시죠?"

"아, 감동이에요. 이렇게까지 챙겨주실 줄 몰랐어요."

“뭘 이 정도 갖고요.”

소미는 자리에 앉아 무릎 위에 가방을 놓고 지퍼를 열었다.

5년 전에 중고로 구입한 낡은 태블릿, USB 메모리, 노트와 펜 등등 작업에 필요한 물품이 하나씩 테이블 위에 놓였다.

“우선 저녁부터 먹고 시작할까요? 저희 같이 먹으려고 하 작가님이랑 소미 씨 기다리고 있었거든요.”

“아아, 네. 그럴까요.”

저녁을 차려서 먹고 나니 9시가 넘었다.

네 사람은 각자의 자리에서 작업을 개시했다. 고요한 사무실에는 타자를 두드리는 소리와 태블릿을 긁는 펜 소리만 불규칙적으로 울렸다.

‘연결됐다. 리카, 고마워.’

불이 나도록 키보드를 두들기며 재건은 속으로 말했다.

은영에 이어 소미라는 이름의 금광까지 확보했다. 동시에 두 여자의 감성을 공유할 수 있다는 사실을 재건은 지금 처음 깨달았다.

소미가 언제까지 작가 사무실에 머무를지 알 수 없는 일이다. 오늘 최대한 많은 양의 금을 캐내야만 한다.

따라서 재건의 열 손가락은 한시도 쉴 틈이 없었다.

타다다닥! 쉭! 쉭쉭!

타닥! 쉭쉭!

시간이 흘러 자정이 되었다.

현경이 졸음을 참지 못하고 작업에서 이탈했다.

다시 한 시간이 흘렀을 땐 규칙적으로 생활하는 은영이 집필을 멈추고 잠을 청하러 방으로 들어갔다.

이제 남은 사람은 재건과 소미뿐이었다.

소미는 뻐근해진 손목을 주무르며 옆의 재건을 힐끗 살폈다. 무서운 집중력이 여전히 발휘되고 있었다. 한시도 딴 데로 시선을 돌리는 일 없이 오직 집필에만 몰입하고 있었다.

'정말 볼 때마다 느끼지만, 글 쓰려고 태어났나 봐.'

새삼스레 감탄스러운 소미였다. 그녀의 두 눈에 담긴 재건의 모습에서는 후광마저 비치고 있었다.

'이러니까 성공하실 수밖에 없지. 나도 힘내야지.'

소미는 스스로를 고무하며 놓았던 펜을 다시 손에 쥐었다.

오늘은 할 일이 많았다. 은영의 로맨스 소설 표지 채색을 끝내고 나면 바로 회사 업무를 봐야 할 차례다. 편집할 책이 한두 권이 아닌 만큼 잠을 자기는 글렀다.

그러나 소미의 굳은 각오는 그다지 길지 못했다.

새벽 2시가 지나면서 눈꺼풀이 급격하게 무거워졌다. 회사에서도 일을 하고 왔으니 피곤할 수밖에 없었다. 수마의 유혹을 견뎌내기가 몹시 버거웠다.

'안 되겠다. 세수 좀 해야지.'

소미는 가까스로 채색을 마친 일러스트를 저장한 다음 욕실로 가 찬물로 얼굴을 씻었다. 화장을 거의 하지 않으니 이럴 때는 편했다. 당기는 피부를 로션으로 달래준 다음 욕실에서 나온 그녀는 재건을 보고 소스라치게 놀랐다.

"……하 작가님?"

재건의 얼굴이 땀으로 범벅이었다. 셔츠의 등허리도 땀으로 흥건히 젖어 있었다.

"하 작가님? 혹시 더우세요?"

"아니, 아니요……. 괜찮아요……."

재건이 쳐다보지도 않고 건성으로 대꾸했다.

소미는 흠칫 놀라 두 손으로 자신의 입을 가렸다. 재건의 상태가 한눈에도 몹시 나빠 보였기 때문이다.

'몸 어디가 안 좋으신가?'

어깨를 잔뜩 늘어뜨린 재건의 안색이 더없이 창백했다. 모니터 화면에 고정된 두 눈은 퀭했다. 반쯤 벌어진 입술 틈에서는 메마른 숨결만 거듭 흘러나오고 있었다. 멈추지 않는 건 오직 키보드 위를 날아다니는 열 손가락뿐이었다.

"하 작가님! 잠깐 쉬었다가 하세요. 많이 피로해 보이세요."

"아니, 괜찮아요."

재건이 모니터 화면으로 더욱 가까이 얼굴을 들이밀었다.

이야기 전개상 중요한 부분이었다. 소미의 감성을 자양분으로 삼은 캐릭터 이예지가 처음으로 한주희에게 자신의 고통을 토로하는 장면이었다. 끝을 내기 전에는 멈출 수가 없었다.

"괜찮으신 것 같지가 않아서 그래요. 하 작가님, 제가 깨워드릴 테니까 1시간이라도 눈 좀 붙이세요."

소미가 재차 간곡하게 권했다. 도저히 걱정이 돼서 이대로 놔둘 수가 없었다. 지금 재건의 모습은 당장에라도 몸을 가누지 못하고 쓰러질 것처럼 위태로워 보였다.

"네? 하 작가님."

"아, 정말 저는 괜찮다는데 왜 자꾸……!"

재건이 성난 얼굴로 돌아보았다가 입을 꾹 다물었다. 언성이 높아지기 직전 소미와 시선이 마주쳐서 다행이었다.

놀란 소미는 토끼처럼 두 눈을 치켜뜬 채 허리를 꼿꼿이 펴고 서 있었다.

"죄송해요, 소미 씨."

재건이 두 손으로 젖은 제 얼굴을 벅벅 문질렀다.

"신경이 날카로워졌나 봅니다. 변명이 아니라 정말로 소미 씨가 말을 걸었다는 자각도 없었어요. 지금 정신이 들었네요. 실례했습니다.”

재건의 말은 거짓이 아니었다. 소설 속에 정신이 송두리째 빠져 있었기에 자신에게 말을 건 사람이 소미라는 것도 이제야 깨달았다.

소미는 쓴웃음을 지으며 수건을 건넸다.

“죄송한 건 작업을 방해한 저예요. 좀 닦으세요, 작가님.”

“고마워요.”

재건은 소미로부터 수건을 받아 얼굴을 닦았다.

온몸이 물에 젖은 솜처럼 무거웠다. 집필에 열중하는 사이에는 인지하지 못했던 누적된 피로가 한꺼번에 몰려오고 있었다.

“샤워를 좀 해야겠네.”

땀으로 범벅인 온몸이 찝찝했다.

재건은 의자를 뒤로 빼고 일어서며 리카를 돌아보았다. 오늘따라 피곤한 듯이 모로 누워 곤히 자고 있었다. 낮보다 밤에 오히려 활기찬 리카였기에 재건은 조금 의아했다.

‘어디 아픈 건 아니겠지? 갑자기 집이 바뀌어서 피곤한가?’

재건은 가까이 다가가 리카의 목을 살며시 쓰다듬었다.

리카는 아주 잠깐 눈을 떴을 뿐, 귀찮다는 듯이 이내 두 눈을 감고 고개를 반대로 돌렸다.

"자는 데 방해해서 미안. 오빠가 괜히 걱정돼서 그랬어. 조만간 검진받으러 오빠랑 병원 한번 가자."

리카에게 말을 마친 재건은 욕실로 들어가 상쾌하게 몸을 씻었다.

씻고 나니 피로가 얼마간 가셨다. 낮에 옷을 가지러 집에 갔을 때, 서건우의 머그컵으로 커피 한 잔을 마셨던 게 참으로 잘한 일이었다.

'소미 씨한테 야식이나 먹자고 해봐야지.'

저녁을 먹은 지도 시간이 꽤 됐다. 샤워를 마친 재건은 무엇을 먹을까 생각하며 옷을 입고 욕실에서 나왔다.

"어? 소미 씨, 편집하세요?"

재건이 고개를 갸웃거리며 물었다.

조금 전까지만 해도 태블릿으로 일러스트 작업을 하고 있던 소미였다. 그런 그녀가 키보드 위에 두 손을 올려놓고 있었다.

"소미 씨?"

재차 불러도 소미는 대답이 없었다.

다가가서 확인한 재건은 미간을 좁히고 쓰게 웃었다. 소미가 앉은 자세 그대로 고개를 주억거리며 졸고 있었던 것이다.

'많이 피곤했었구나. 더 미안해지네.'

재건은 살짝 소미의 어깨를 밀어 등받이에 편하게 몸을 기대도록 한 뒤 이불을 덮어주었다. 그런 다음 소미의 모니터로 시선을 향했다.

'스타북스에서 나오는 소설들이구나.'

화면에 나열된 방대한 양의 원고 목록 앞에서 재건은 혀를 내둘렀다. 폴더 이름은 '초교 전 원고'였다.

'일이 많아서 겸사겸사 하려고 가져오신 건가 본데. 초교라……. 이 정도라면 내가 좀 도와줄 수 있지.'

오늘 하루도 소미에게 큰 도움을 받았다.

재건은 자기 전까지 남은 시간을 자신의 글이 아닌 소미에게 보답하는 데 쓰기로 마음먹었다.

'자, 첫 번째 작품은 술이 답이다인가.'

재건이 첫 번째 원고를 클릭해 불러들였다. 워드 프로그램 가득 초고가 빽빽하게 들어찼다.

재건은 품에 손을 넣었다. 서건우의 뿔테 안경이 이끌려 나왔다.

'가져오길 정말 잘했군.'

뿔테 안경 너머로 원고를 바라보며 재건은 소리 없이 웃었다. 수많은 오탈자와 비문이 문장 곳곳에서 굵게 돋보이고 있었다. 키보드 위로 올라간 재건의 손은 아픈 환자들을 하나하나 치료하기 시작했다.

'한 권에 13만 자 전후. 끽해야 30분이면 충분해.'

뿔테 안경을 쓰면 잘못된 부분을 걸러내는 것뿐만이 아니라 속독까지 가능해진다.

덕분에 재건은 30분이 채 지나지 않아 소설 한 권 분량의 원고 초교를 끝마칠 수 있었다.

'완벽해……! 내가 했다는 게 믿어지지 않아!'

자신이 교정한 원고를 처음부터 확인하며 재건은 스스로 감탄했다. 놓친 부분은 단 한 군데도 없었다. 원고 전체가 거슬릴 부분 없이 말끔해졌다.

'내가 출판사에 취직하면 편집자 올킬이겠군. 자, 다음은 이계폭마룡인가?'

타다다닥! 타닥!

재건은 소미가 깰까 봐 최대한 소리를 죽여 키보드를 두드렸다. 일이 잘 되어서인지 피로감도 약해졌다. 이렇게라도 소미를 도와줄 수 있어서 마음이 뿌듯했다.

한껏 지친 소미는 깨는 일 없이 점점 더 깊은 잠에 빠져들고 있었다.

BIG LIFE

'으음……?!'

한참을 곤히 자던 소미가 두 눈을 떴다.

희뿌옇기만 하던 시야가 점차 또렷해졌다.

책상에 엎드려 자고 있는 재건의 모습이 가장 먼저 보였다. 그 앞의 모니터 화면은 여전히 빛을 밝히고 있었다.

'의자에서 잤네. 하 작가님이 이불 덮어주신 건가?'

소미는 상체를 덮은 이불을 걷어내고 자리에서 일어섰다. 시계를 보니 오전 6시를 막 넘긴 참이었다.

'결국 켜놓기만 하고 초교는 하나도 못 봤네.'

소미는 암담해져 한숨을 내쉬며 의자를 끌어 컴퓨터 앞으로 가 앉았다. 그리고 바로 다음 순간, 그녀는 잠이 완전히 달아나 두 눈을 부릅떴다.

'이, 이게 어떻게 된 거야?'

초교를 마친 원고가 따로 만들어진 폴더에 주르륵 나열되어 있는 것이 아닌가.

소미는 새하얗게 질려 떨리는 손으로 마우스를 잡았다. 그리고 '술이 답이다' 원고 파일을 불러들였다.

'이게 무슨 일이야? 초교가 돼 있잖아?!'

소미는 목젖이 드러나도록 입을 벌리고 말았다.

초교를 완벽하게 거친 원고였다. 모든 오탈자와 비문이 붉은색의 글씨로 꼼꼼하게 수정되어 있었다.

'서, 설마?!'

소미는 '술이 답이다'를 끄고 다음 원고들을 차례차례 불러들였다. 그리고 머릿속이 새하얗게 텅 비어버렸다. 주말 내내 작업해도 끝을 내지 못할 줄 알았던 모든 원고가 초교 과정을 거친 상태였다.

'하 작가님……?'

소미는 천천히 고개를 돌려 흔들리는 두 눈으로 재건을 바라보았다.

믿을 수가 없는 일이었다. 만약 재건이 혼자서 한 거라면 이건 마법이다. 사람이 할 수 있는 일의 영역을 넘어선 기적인 것이다.

소미의 경악스런 시선은 아랑곳없이 재건은 곤히 잠만 자고 있을 뿐이었다.

'다른 사람이 더 도와준 건가?'

회사에서 소미는 신입치고 초교 과정이 빠르다는 평을 듣는 편집자였다. 그런 그녀도 한 권의 초교를 하는 데에 8~9시간의 시간이 소요되곤 했다.

소미는 고요한 사무실을 둘러보았다.

현경이라든가 은영이 나왔던 흔적은 느껴지지 않았다. 방문 앞으로 가 보니 코를 고는 소리가 낮게 흘러나오고 있었다.

'네 작품을 어떻게……. 4시간도 지나지 않았는데?'

확실히 초교가 되었는지 지금 단계에선 속단할 수 없다. 어차피 모든 원고는 다시 한 번 면밀하게 검토하는 과정을 필요로 한다.

그러나 결과야 어찌 되든 모든 원고에 손을 댔다든 것 자체만으로도 소미는 충분히 놀랐다.

'그렇게 피곤해하셨으면서…….'

엎드린 채로 정신없이 자는 재건을 보고 있으려니 소미는 가슴이 시큰거렸다.

역시 회사 일을 이곳으로 가져오는 게 아니었다. 적어도 남들이 보지 않을 때 작업을 해야 했다.

'리카도 정신없이 자네…….'

소미의 시선이 재건의 어깨 너머 창틀로 향했다.

리카가 아까의 모습 그대로 누워 있었다. 약간의 기척에도 예민하게 반응하던 평소와 달리 잠잠했다. 호흡할 때마다 몸이 부풀면서 조명에 반사된 짙푸른 털이 한층 진하게 빛나고 있었다.

"하 작가님, 여기서 주무시지 말고 침대로 가세요."

소미가 재건의 어깨를 가볍게 두드리며 말했다. 거실에도 접이식 간이침대가 있었다. 깊이 잠든 재건은 대답하기는커녕 몸 한 번 뒤척이지도 않았다.

"하 작가님, 숙면하셔야죠. 이렇게 엎드려서 주무시면 내일 돼서 더 피곤하세요. 어서 일어나세요."

소미가 포기하지 않고 재차 깨웠다.

재건의 두 눈꺼풀이 살며시 치켜져 올라갔다.

흐리멍덩한 동공 속에 소미의 얼굴이 비치고 있었다.

"그래요, 잠깐이면 돼요. 몇 발만 가시면 바로 침대 있잖아요."

소미가 웃으며 말했지만 재건은 반응이 없었다.

사실 소미는 모르고 있었다. 재건이 멀거니 두 눈만 뜨고 있을 뿐 여전히 정신은 꿈나라를 헤매고 있다는 사실을.

"하 작가님, 얼른요. 일어나세요, 얏."

소미가 재건의 양어깨를 잡고 힘을 주며 일으켰다.

재건은 언뜻 그녀의 손길을 따라 일어서는 듯했다.

하지만 이내 중심을 잃은 나머지 상체가 확 기울었다.

"윽! 하 작가님."

소미는 본능적으로 재건의 양팔 밑으로 손을 넣어 그가 넘어지는 걸 막았다. 재건은 소미의 작은 몸에 안긴 꼴이 되었다.

'으윽…… 무거워!'

아담한 체구의 소미에게 재건의 육체는 감당하기 버거웠다. 소미는 재건의 허리를 끌어안다시피 해서 간이침대를 향해 한 발씩 게걸음을 옮겼다.

이윽고 침대에 눕히려는 순간, 두 다리가 부족한 힘을 견디지 못하고 꼬여 버렸다.

"악!"

짧은 비명이 목젖을 뚫었다.

소미는 천장에 부착된 형광등을 볼 수 있었다. 재건을 눕혀야 하는데 자신이 침대에 누워 있었다. 재건은 대 자로 축 늘어진 채 그녀의 몸을 깔아뭉개고 있었다.

"하, 하 작가님……?"

"크으……."

재건의 입에서 흘러나온 대답은 한줄기 침음이었다.

두 눈을 감아버린 그의 얼굴이 소미의 어깨 옆으로 떨어졌다. 더운 숨결이 뿜어져 나와 목덜미에 부딪치자 소미는 양 어깨를 파르르 떨었다.

문득 소미는 자신의 이마에 땀방울이 맺히는 것을 느꼈다.

깔려 있는 상황임에도 불구하고 오히려 몸이 붕 뜨는 듯한 기묘한 감각마저 일었다. 마치 중력이 사라져 버린 것 같았다.

손가락 하나 까닥일 수가 없었다. 재건과 맞닿은 가슴에서 심장이 터질 것처럼 요동치고 있었다. 머리에서부터 발끝까지 온몸은 흡사 불타오르는 것처럼 뜨거웠다.

벽시계의 초침은 째깍째깍 부지런히 움직였다.

어느 순간 초침 소리가 소미의 고막으로 또렷하게 파고들었다.

비로소 정신을 차린 소미는 조심스레 상체를 뒤틀어 재건으로부터 몸을 빼냈다.

'후우……!'

소미가 이마의 땀을 훔치며 일어섰다.

두근거리는 심장의 울림은 여전히 그대로였다.

재건과 한 침대에서 몸을 겹치고 있었다니.

현실감이 전혀 없었다. 빨리 일어나지 못했던 스스로도 이해되지 않았다.

"어머, 리카?"

대체 언제 일어난 걸까.

창틀에서 내려온 리카가 어느새 소미의 발치에 서 있었다.

리카는 가볍게 침대로 뛰어올라서는 엎드린 재건의 목덜미를 앞발로 꾹꾹 밀었다.

"리카, 그러지 마. 하 작가님 주무셔야지."

소미는 재건이 깰까 봐 걱정돼서 리카를 나무랐다.

리카는 들은 척도 하지 않고 계속해서 재건의 목덜미를 눌렀다. 그러자 얼마 못 가 재건이 오만상을 찌푸리면서도 몸을 돌려 바로 눕는 것이었다.

"야옹……."

리카는 편안한 자세로 누운 재건의 팔에 머리를 괴고 몸을 웅크렸다.

소미의 입가에 경이로운 미소가 어렸다.

'리카가 하 작가님 여친이네.'

소미가 속으로 말을 건넸다.

리카는 느릿하게 두 눈을 깜박이며 대꾸하고는 재건과 마찬가지로 금세 잠에 빠져들었다.

소미는 부러움 가득한 시선으로 리카를 쳐다보며 그들에게 이불을 덮어주었다.

27장
이국의 향취가 좋구나

재건은 오랜 시간을 한 번도 깨지 않고 푹 잤다. 실로 간만의 숙면이었다. 악몽 한 번 꾸지 않았다. 잠을 방해하는 요소는 아무것도 없었다. 리카는 좀 더 먼저 두 눈을 떴지만 일어나지 않고 재건의 곁을 지켜주었다.

'으음…….'

정신이 들자마자 재건은 입맛부터 다셨다.

얼마나 길게 잤는지 입안에서 단내가 풍길 지경이었다.

팔에 턱을 괴고 있던 리카가 코끝을 핥았다.

재건은 리카를 쓰다듬으며 몸을 모로 돌렸다. 벽면 높이 붙은 벽시계가 가장 먼저 보였다.

'벌써 3시야?'

재건의 동그래진 시선이 천천히 아래로 내려왔다.

일러스트 작업 중인 소미의 뒷모습이 보였다. 은영과 현경은 어디 갔는지 보이지 않았다.

'소미 씨도 안 가고 여기서 잤구나.'

옷을 갈아입은 소미는 어제 본 청바지가 아닌 반바지 차림을 하고 있었다.

슬리퍼를 벗어난 작고 앙증맞은 맨발은 책상 아래서 연신 꼼지락거리기 바빴다.

"어머? 언제 깨셨어요?"

생각지도 못한 사이에 뒤를 홱 돌아본 소미가 물었다. 불시에 시선이 마주친 재건은 멋쩍게 뒷머리를 긁적이며 상체를 일으켰다.

"지금 막 깼어요. 다른 작가님들은요?"

"사야 할 책 있다고 서점 가셨어요."

주방으로 가면서 소미가 말을 이었다.

"하 작가님 많이 피로하신 것 같아서 백숙 좀 끓였어요. 세수만 간단히 하시고 식사부터 하세요."

"죄송하게……."

"이 정도는 당연히 제가 해드려야죠. 초교도 엄청나게 해주셨는데요. 대체 어떻게 다 하신 거예요?"

"아, 으음…… 그건……."

재건이 말끝을 흐리며 잠시 생각했다.

새벽녘에 초교를 할 때부터 소미가 물어보면 뭐라고 대답해야 할지 고민했었다.

“술이 답이다 말고는 제대로 된 거 없을 겁니다. 기세 좋게 시작은 했는데 너무 오래 걸릴 것 같더라고요. 다 확인해 보셔야 할 거예요.”

“검토는 해봐야죠. 그래도 술이 답이다 하나라도 도와주신 게 어딘데요. 정말 큰 도움이 됐어요. 완전 감사드려요, 하 작가님.”

“다행이네요, 괜한 오지랖일까 걱정했는데.”

“이런 오지랖은 대박 환영이에요.”

소미가 싱긋 웃으며 전기레인지의 전원을 켰다.

재건은 세수를 하고 발코니로 가 창밖을 내다보았다.

찌뿌드드한 몸을 기지개로 깨우면서 조금 걱정이 들었다.

예전에 비해 체력이 약해진 걸까.

아니면 피로가 누적된 걸까.

‘손목도 많이 아프네.’

재건은 기지개에 이어 양 손목을 번갈아 주물렀다. 건강이 가장 큰 재산이라는 아버지의 말씀이 새삼 와 닿는 순간이었다. 시간을 쪼개서 운동도 하고 잠도 충분히 자야 할 텐데. 머리로는 그렇게 생각하면서도 글을 쓰다 보면 세상만사를 잊어버리고 마는 것이다.

'지금 쓰는 것만 완성되고 나면 한동안 푹 쉬어야지.'

지키지 못할 계획을 짜고 싶지는 않았다.

어차피 이미 시작된 글이다. 끝을 내기 전엔 멈출 수 없음을 그 누구보다도 본인이 가장 잘 알고 있었다.

"하 작가님, 다 데워졌으니까 오세요."

"네."

재건은 소미와 마주 앉아 백숙으로 늦은 점심을 먹기 시작했다. 벌써부터 머리는 소설의 다음 전개를 어떻게 해야 할지에 대한 고민으로만 가득했다.

소미가 이따금 던지는 말도 제대로 들려오지 않았다.

"하 작가님, 제 질문 들으신 거예요?"

"네?"

생각에 빠져 있던 재건이 화들짝 고개를 들었다.

"실례가 안 된다면 저 여기 하루 더 있어도 괜찮은지 여쭤봤어요."

"아, 그럼요. 물론이죠. 얼마든지 계셔도 됩니다."

재건이 즉각 대답했다.

소미 덕분에 여성 캐릭터의 완성도가 대폭 상승하고 있다. 오히려 자기가 부탁하고 싶은 얘기라고까지는 차마 내뱉지 못했다.

"감사합니다. 더 드세요."

소미가 또 한 조각의 닭다리를 덜어 주었다.

이미 배가 부른 재건이었지만 차마 사양할 수가 없었다.

소미는 열심히 먹는 그의 모습을 힐끗거리며 웃었다. 맛있게 먹어주니 마음이 무척 기뻤다. 벌써부터 다음에는 뭘 만들어주면 좋을까 하는 고민이 시작되고 있었다.

BIG LIFE

"명석아, 점심 안 먹냐?"

태진이 노크를 하면서 재차 불렀다.

문 너머에서는 아무런 대답도 돌아오지 않았다.

"얘가 벌써 자나?"

태진은 고개를 갸우뚱하며 문고리를 잡아 돌렸다. 서재 한 구석의 작업 테이블에서 엎드려 자고 있는 명석이 보였다. 태진은 혀를 끌끌 차며 다가갔다.

"어제도 밤을 꼴딱 새우더니만…… 침대에서 자지 않고."

명석을 깨우려던 태진의 손길이 허공에서 멈췄다.

책상 위에 놓인 A4 용지로 눈길이 꽂혀든 참이었다.

클립으로 뭉쳐진 용지의 겉면에는 작품명 '미정', 작가명 '하재건'이라고 적혀 있었다.

'이건가……? 미스터리움에서 낼 소설이라는 게.'

단숨에 흥미가 동하는 태진이었다.

서건우라는 이름으로 디지털문학상을 수상했던 작가 하재건. 태진은 그 자리에 서서 소설을 읽기 시작했다.

'놀랍군……!'

10장을 채 넘기기도 전에 감이 왔다.

장남이 입이 마르도록 칭찬한 이유를 알 것 같았다.

문장이 농밀하면서도 불필요한 수식어는 일절 없었다. 상쾌함이 느껴질 정도로 술술 읽히면서도 전개 또한 능숙했다.

미완성 초고는 중반부로 끝을 맺고 있었다.

태진은 흠을 잡아낼 부분을 전혀 찾지 못했다. 미스터리로서의 궁금증을 유발하는 장치도 적재적소에 완벽하게 배치되어 있었다.

'이걸 쓴 작가가 아직도 서른이 안 됐단 말이지?'

태진은 반쯤 넋이 나간 시선을 허공으로 향하고 있었다.

전작인 '멍청한 여자'에 비해서 또 한 단계 성장한 면모가 돋보이는 훌륭한 초고였다.

서른 살도 되지 않은 나이에 이토록 완숙한 필력이라니.

태진의 기준에서 이 정도 필력을 보유한 국내 작가는 단 한 사람뿐이었다.

하지만 그 사람은 이미 세상을 떠나고 없었다.

'묘한 일이군그래. 이 청년의 글에서 자네의 냄새가 느껴지니…….'

어느새 숙연해진 태진은 생전의 그 사람을 떠올리고 있었다.

그 사람에게는 하늘이 없었다. 항시 가장 높은 곳에서 변함없이 지루한 풍경만을 내려다보고 있었을 뿐이다.

태진은 어금니를 꽉 물며 두 눈을 내리감았다.

그 사람이 내려다보고 있던 지루한 풍경에 자신의 초라한 몰골이 섞여 있었다는 사실을 되짚어버린 까닭이었다.

"으음…… 아버지?"

몸을 뒤척이다 눈을 뜬 명석이 고개를 들었다.

태진은 상념에서 깨어나 손에 쥐고 있던 원고를 내려놓았다.

"밥 먹자고 부르러 왔던 참이다."

"깜박 졸았나 봅니다. 근데 그거, 읽어보신 거예요?"

"아, 으음……."

"어떠셨어요? 괜찮으셨어요?"

명석이 기대에 부푼 표정으로 안경을 쓰며 물었다.

"제대로 잡았구나."

"정말이세요? 그 정도로 괜찮다고 생각하시는 거예요?"

"미스터리움 론칭은 걱정 없겠다. 잘 밀어줘라."

태진이 명석의 어깨를 다독였다.

명석은 신이 나서 몸을 일으키며 대답했다.

“최대한 밀어주고 있습니다. 작중 오사카에 대한 이야기가 필요해서 티켓이랑 호텔 준비해 줬어요. 가이드는 필요없다고 사양하더라고요. 오늘 출발인데 아마 지금쯤 비행기 이륙했을 겁니다.”

“그래, 잘했다.”

“아버지 칭찬받으니까 용기가 납니다. 사실 제 안목이 객관성을 잃은 건 아닐지 걱정도 됐거든요. 제 눈에만 좋아 보이나 싶어서요.”

“내 눈에도 정말 좋았다. 잘 잡았어.”

“아버지가 보셨으니 말씀을 드리는 거지만요. 진전이 있을 때마다 수시로 원고를 보내주는데 매번 경악스러울 정도로 발전을 거듭하고 있습니다. 초반에 여성 캐릭터 묘사가 살짝 허술했어요. 허술해도 기준 이상이긴 했지만요. 하여간 이 부분을 지적하니까, 어디 보자. 지금 열흘밖에 안 지났는데, 보세요. 이렇게 완벽해졌잖아요.”

명석은 아이처럼 한껏 들떠서 말을 멈추지 않았다.

지금 그가 누리고 있는 커다란 기쁨을 태진도 모르지 않았다.

좋은 작품을 만났을 때 편집자로서 느끼는 흥분은 말로 하나하나 형용하기 어렵다. 태진도 과거, 그의 작품을 최초로 접했을 땐 가슴이 벅차올라 며칠간 제대로 잠도 자지 못했었다.

"이제 알았으니 점심부터 먹자."

"네, 아버지. 얼른 내려가시죠, 죄송해요. 아, 맞다. 아버지 하재건 전작도 읽어보셨죠? 멍청한 여자 말고 90년대 소년도 읽어보셨어요?"

복도를 지나 계단을 내려가면서도 명석은 계속해서 재건에 대한 질문을 해댔다.

태진은 짐짓 고개를 끄덕이면서도 쓰게 웃었다.

세대와 나이를 떠나 작가로서 부러웠다. 잘난 장남의 입에서 끊임없이 언급되고 있는 재건이 세상 누구보다도 부럽기 그지없었다.

창 너머로 파란 하늘이 보였다.

한 대의 비행기가 새하얀 꼬리를 길게 수놓으며 창공을 가로지르고 있었다.

BIG LIFE

"어, 누나. 이제 오사카 성 다 돌고 나오는 길이야. 멋지네, 다음에 아버지, 어머니 모시고 같이 오자. 사진? 많이 찍었지. 내 사진도 찍었어. 지나가는 사람한테 부탁해서. 어, 리카 잘 좀 부탁해. 어, 끊어."

오사카 성에서 나온 재건은 오사카 비즈니스 파크 역으로 걸음을 서둘렀다.

이제 시간은 오후 1시. 점심을 먹지 않아 배가 고팠지만 일단은 참기로 했다. 다음 목적지인 덴포잔에 도착해서 느긋하게 먹어도 된다.

'오늘 보기로 마음먹은 건 반드시 봐야지. 이건 내가 아니라 이예지와 한주희의 여행이니까.'

재건에게 이 시간은 자신만의 여행이 아니었다. 소설에 등장한 두 여자가 동행하고 있었다. 그녀들이 주인공인 것이다.

일본 땅을 밟는 매 순간 재건은 그녀들의 시선에 초점을 맞춰 생각했다.

이제 갓 여대생이 된 두 여자가 처음으로 떠나는 해외여행이다. 오사카에 도착한 두 여자는 무엇을 할까. 어떤 것에 관심을 두고 보고, 듣고, 느끼고 싶을까.

'덴포잔은 주오센을 타고 오사카코 역으로……. 제일 마지막 역이네. 오케이.'

재건은 노선도 확인을 마치고 지하철에 올랐다.

대학 시절에 조금이나마 일본어를 공부해 뒀던 것이 이토록 도움이 될 줄이야.

썩 유창하지는 않지만 간단한 의사소통은 하등 무리가 없었다. 일본어를 전혀 몰랐다면 가이드 없이 혼자 여행하는 호기를 부릴 수 없었으리라.

오사카코 역에서 내렸을 때 재건은 문득 갈증을 느꼈다.

이국의 신선한 향취에 흠뻑 빠져 있었던 것일까.

생각해 보니 일본에 도착해서 아직 물 한 잔 마시지 않았다. 한국에서는 그토록 흔한 정수기가 보이지 않았다는 점도 한몫을 했다.

'커피를 한 잔 마시자.'

도착하자마자 내내 걸었더니 다리가 꽤 뻐근하기도 했다.

재건은 편의점으로 향하던 발길을 돌려 옆의 아담한 카페로 들어갔다.

"이랏샤이마세."

"아노…… 아이스 아메리카노 오네가이시마스."

재건은 유리창과 면한 바 형태의 자리에 앉아 커피를 마시는 한편 메모를 끼적였다.

이예지와 한주희가 들어올 만한 예쁜 카페라는 생각이 들어서였다.

'그래, 이 카페에서 예지가 주희에게 비밀을 토로하는 걸로 하자.'

부지런히 소설 스토리를 메모하는 사이에 핸드폰이 울렸다. 수희로부터 날아든 메시지였다.

-하 작가님, 일본 여행은 잘 하고 계신가?

-오사카 성 보고 이제 덴포잔 왔어. 카페에서 커피 한 잔 마시고 있지.

-예정대로 움직이고 있네. 가이유칸 먼저 갈 거야?

-어, 한 30분만 여기서 더 쉬었다가 가야지. 걸어서 5분이니까. 보고 나서 밥 먹으려고.

-출장 일정만 겹쳤으면 만날 수 있었을 텐데 안타깝네. 많이 구경하고 점심 맛있게 먹어. 또 톡할게.

-그래, 고마워.

수희와의 대화를 마친 재건은 얼마간 더 커피를 마시며 휴식을 취했다.

세 번째로 손님들이 들어왔을 때 그는 가방을 챙겨 일어섰다. 카페가 작아서 어쩐지 눈치가 보였다.

'확실히 수희가 있었으면 좋았을 것 같긴 하네.'

수희는 소설 속 한주희의 모델이다. 감성을 공유시켜 줄 리카는 없지만 그녀가 덴포잔을 활보하는 모습을 기록하는 것만으로도 꽤나 도움이 될 텐데.

재건은 아쉬움을 뒤로 하고 덴포잔의 중심을 향해 걸음을 서둘렀다.

덴포잔은 바닷가와 면한 유원지다. 대형 수족관인 가이유칸을 비롯해 대관람차, 관광선, 마켓 플레이스 등등 인기 명소가 많다.

가장 큰 관심은 당연히 수족관인 가이유칸에 있었다.

이예지와 한주희는 이 수족관을 구경한 다음, 마켓 플레이스의 각종 상점을 둘러보고, 끝으로 대관람차에 올라 야경을 감상한다.

이것이 소설 전개에 따라 재건이 정한 오늘의 계획이었다.

가이유칸 입구에 도착했을 때, 재건은 지갑을 꺼내려던 손으로 울리는 핸드폰을 꺼내 들었다.

"어, 수희야."

-왜 그렇게 놀라는 목소리래?

"아니, 갑자기 전화를 해서. 지금 일하는 중 아니야?"

-일이라면 후다닥 끝냈지.

"끝냈다고? 이제 2신데 벌써 퇴근이라도 한 거야?"

-응, 퇴근했어. 급히 일본에 갈 일이 있어서.

"어? 일본?"

수희가 이런 농담을 즐기는 여자였던가.

재건은 어떻게 장단을 맞춰야 할지 몰라서 잠시 말을 잇지 못했다.

쿡쿡거리는 웃음소리와 함께 수희의 말이 이어지고 있었다.

-하 작가님 왼쪽 신발 끈 풀렸네.

시선이 즉시 아래로 떨어졌다. 과연 수희의 말대로 신발

끈이 풀어헤쳐져 있었다.

재건은 신발 끈을 묶지도 못하고 허둥지둥 주위를 돌아보았다. 바로 등 뒤에 서 있던 수희를 발견하기란 어렵지 않았다.

"수희야……?!"

수희가 장난스럽게 웃으며 고개를 좌우로 갸웃해 보였다.

재건은 여전히 놀라움을 감추지 못한 채 그녀를 위아래로 내려다보고만 있었다.

"표정 한번 엄청 뜨악하다?"

"아니, 놀라서……. 어떻게 된 거야?"

"출장. 너 깜짝 놀라게 해주려고 말 안 했어."

"아아……."

재건이 침음을 흘리며 고개를 주억거렸다. 확실히 수희는 여행자의 편안한 복장은 아니었다. 검은색 코트에 스커트, 그리고 발에는 힐을 신고 있었다.

"표정 보니까 성공한 거 맞지? 신난다. 후훗."

수희는 긴 머리칼을 바닷바람에 휘날리며 오래도록 웃음을 멈추지 못했다.

놀랍고도 기쁜 재건의 얼굴에도 환한 웃음이 번졌다. 이국에서 만났기 때문인지 더욱 반가운 기분이 들었다.

"그럼 지금부터는 이 이수희 팀장이 최선을 다해 하 작가님을 모시겠습니다."

수희가 결연한 표정으로 군인처럼 경례까지 해 보이며 말했다. 재건도 경례를 하며 너스레로 그녀의 말을 받았다.

"우왓, 이렇게 영광스러울 수가! 부디 굽어 살펴주세요, 팀장님!"

"오버하기는. 그만하고 얼른 들어가자."

수희가 먼저 가이유칸을 향해 몸을 빙글 돌렸다.

재건은 또각또각 바닥을 딛는 그녀의 하이힐을 보고는 잠시 생각한 끝에 말했다.

"수희야, 잠깐만 여기서 기다려."

"왜? 어디 가려고?"

"금방 올게."

헐레벌떡 마켓 플레이스로 뛰어든 재건은 굽 낮은 검은색 플랫슈즈를 한 켤레 샀다.

수희의 신발 사이즈를 기억하고 있어서 다행이었다. 이거라면 오래 걸어도 힐보다 훨씬 편안할 것이다.

"어디 갔다 온 거야?"

"이걸로 신발 갈아 신어."

재건이 종이봉투를 내밀었다. 내용물을 확인한 수희는 두 눈을 동그랗게 치켜떴다.

"나 신으라고 사온 거야?"

"많이 걸을지도 모르는데 힐 오래 신으면 발 아프잖아."

수희는 감격과 곤혹이 반씩 뒤엉킨 표정으로 신발을 받아 들었다.

재건은 하나만 알고 둘은 모르고 있었다. 플랫슈즈가 하이힐에 비해 편안한 신발인 건 맞다.

하지만 새 신발이 발에 길들기까지는 시간이 필요했다.

"얼른 갈아 신어."

"어, 으응……."

다른 사람이었다면 망설이지 않고 성격대로 솔직한 사정을 말했을 것이다. 하지만 상대가 재건이었기에 그럴 수가 없었다. 재건이 실망하거나 미안해하는 모습을 보고 싶지 않았다.

"어디서 신지?"

"여기서 신어. 벤치가 멀다."

"창피하게 여기서 어떻게 그래……."

"신발 하나 갈아 신는 건데 뭐가 창피해? 자."

재건이 쪼그려 앉으며 수희의 발 앞에 신발을 나란히 내려놓았다. 수희는 얼굴을 붉히며 재건의 어깨를 짚고는 한쪽씩 신발을 바꿔 신었다.

"봐, 이렇게 간단한데."

하이힐을 봉투에 챙겨 넣으며 재건이 씩 웃어 보였다. 수희는 재건의 어깨를 찰싹 때리고는 먼저 돌아섰다.

"여기는 수족관이 지하로 길게 이어져 있어. 그리고 수조도 다 하나로 연결돼 있고. 내려가면서 점점 더 심해의 생물들을 볼 수 있는 거야."

"상어도 있던데. 걔들이 아까 본 위층 수달이나 이런 것들 해치면 어떡해?"

"당연히 사이사이 그물로 차단해 놨지."

"아하."

재건은 수희의 설명을 들으며 수족관을 즐겁게 구경했다.

수희는 오늘로 이곳에 세 번째 방문이라고 했다. 당연히 상세하게 아는 바가 많았다.

"어머, 저건 못 보던 수조네? 이리 와봐, 재건아."

새로운 수조를 발견한 수희가 환한 미소로 재건의 손을 잡았다. 곧바로 그녀는 목덜미가 화끈해졌다. 아무 생각도 없이 너무도 자연스럽게 손을 덜컥 잡아버렸다.

'다시 놓는 게 더 촌스럽고 어색해……!'

끝내 수희는 잡은 손을 놓지 못하고 재건을 이끌었다.

재건은 멋쩍게 그녀에게 끌려가면서도 대수롭지 않은 듯 설명을 들으며 수족관 관람을 마쳤다.

출구 직전에서 메모장에 기념 스탬프를 찍을 때가 되어서야 두 사람은 겨우 손을 놓았다. 손바닥에 땀이 촉촉이 배어 있었다.

"이제 다음은 마켓 플레이스 둘러보는 거지?"

"어, 근데 괜찮겠어?"

"나 오늘 출장 일정 끝이라니까? 걱정 마세요, 작가님."

수희는 글을 쓰기 위해 이곳에 온 재건의 입장을 십분 이해하고 그에 맞춰 안내를 해주었다.

이보다 더 좋을 수가 없는 가이드였다.

어느 순간부터 재건은 수희만 보고 있었다.

더 정확히 말하자면 수희의 시선을 맹렬히 좇는 중이었다.

소설 속의 한주희가 된 수희로서 함께 풍경을 바라보고, 그 모든 것을 어떻게 받아들일지 매번 고심하면서 기록에 담고 있었다.

'리카 없이도 이해가 되는 것 같아, 수희는…….'

재건은 플랫슈즈를 신고도 각선미를 잃지 않은 수희의 뒷모습을 바라보며 생각했다.

덴포잔을 둘러보는 내내 그는 수희의 감성을 공유하고 있는 듯한 기분에 사로잡혀 있었다.

오랜 기간을 알고 지내왔기 때문일까.

어쩌면 그저, 해가 지면서 드러나기 시작한 야경에 취해 착각한 탓일지도 모른다.

어느 쪽이든 재건은 흡족했다.

'한국에 돌아가기 전에 초고를 완성시킬 수 있을지도.'

수희 덕분에 자신감이 솟구쳤다.

리카의 힘을 빌리지 않고도 한주희라는 인물을 제대로 완성시킬 수 있을 것 같았다.

재건은 힘차게 하던 메모를 끝마치고 앞서가던 수희를 따라잡았다.

"수희야, 슬슬 저녁 먹……."

재건의 말은 끝을 맺지 못했다.

수희가 고통스러운 듯이 입술을 앙다물고 있었던 것이다.

"왜 그래? 어디 불편해?"

"아, 아니야. 아무것도."

당연히 아무것도 아닐 리가 없었다.

재건의 시선이 아래로 내리깔렸다. 수희가 한쪽 다리를 제대로 펴지 못하고 절뚝이고 있음을 알아본 참이었다.

"아아, 미안."

재건은 새 신발로 인한 고통이라는 걸 깨닫고 즉시 사과부터 했다. 그러고는 지척에 자리한 식당가의 테이블로 부축해 수희를 의자에 앉혔다.

"어느 쪽이야?"

"왼쪽이 조금……."

재건이 수희 앞에 쪼그려 앉아 신발을 벗겼다.

민망해진 수희가 말릴 틈조차 없이 빠른 손길이었다. 재건은 검은 스타킹에 싸인 발을 두 손으로 받치고 이리저리 살피며 물었다.

“어디가 아픈 건데?”

“아킬레스건 있는 쪽이랑…… 새끼발가락.”

“진짜 미안하다. 차라리 슬리퍼를 사왔으면 좋았을걸. 너 스타일 생각하느라고.”

“아냐, 괜찮을 줄 알았어. 플랫슈즈가 내 취향에 직격이라 바로 신었던 내 잘못이야.”

재건이 가방에서 상비약으로 가지고 다니던 연고와 밴드를 꺼내 들었다.

수희는 그에게 발을 내맡긴 채 낯 뜨거운 얼굴에 손부채질을 해대고 있었다.

“스타킹 찢어도 되지?”

“어?!”

수희가 화들짝 놀라 내려다보았다. 재건은 어디까지나 진지하기 짝이 없는 눈빛으로 말하고 있었다.

“약 바르고 밴드 붙여야지. 찢는다.”

“재, 재건아.”

재건은 새끼발가락과 발뒤꿈치 부분의 스타킹을 조심스레 찢었다. 드러난 맨살에 피가 고여 있었다.

“이것 봐. 피까지 나잖아.”

"내, 내가 바를게."

재건은 말을 듣지 않고 직접 상처에 약을 발라주고 밴드까지 말끔하게 붙여주었다. 끝으로 사이즈가 넉넉하고 편안한 슬리퍼를 사다 바치는 일도 잊지 않았다.

"이제 좀 괜찮아졌어?"

"으응…… 고마워."

재건이 훅 하고 한숨을 토해내며 일어섰다.

"숙소 어디야? 밥 먹고 바로 바래다줄게."

"바로 간다고? 대관람차 안 타고?"

"너 발도 불편한데 그냥 여기서 마치자."

"안 돼."

수희가 강경해진 표정으로 고개를 세차게 내저었다. 이대로 재건과 헤어질 수는 없었다.

"하기로 마음먹은 건 다 해야지. 너 소설에 쓰려는 거잖아. 그냥 여행 온 거 아니잖아."

"그렇긴 하지만……"

"나 이제 아무렇지도 않아. 약도 발랐고 슬리퍼 완전 편해. 얼른 가자."

수희가 다시 재건의 손을 잡았다. 수족관에서 잡았을 때보다 한결 더 자연스러웠다. 재건은 근심스런 눈길로 슬리퍼 신은 그녀의 발을 내려다보며 끌려갔다.

두 사람은 느릿하게 돌아가는 대관람차에 올라탔다. 오사카의 멋진 야경이 천천히 아래로 내려가고 있었다. 거기에 시선을 둔 채 수희가 물었다.

"멋지지?"

"그러네."

대관람차 안은 재건의 생각보다 협소했다. 마주 앉으니 수희와 무릎이 닿을 정도였다. 비스듬히 다리를 고쳐 앉으며 재건이 말했다.

"오늘 고마웠어. 네 덕분에 글 잘될 거 같아."

"그랬다면 정말 다행이고."

대관람차가 어느덧 정점까지 치솟았다.

수희가 손목에 머리끈을 끼고는 바람에 흐트러진 머리를 하나로 모아 묶고 있었다. 새하얀 목덜미가 드러나자 재건은 일순 눈이 부신 듯한 느낌마저 들었다.

"이제부터는 뭐 할 거야?"

"너랑 밥 먹어야지. 맛집 아는 데 있다고 했지?"

"당연하지. 그럼 메뉴는 내가 정하는 걸로?"

"콜."

"밥 먹고 나서는?"

"너 괜찮으면 술이나 마실까?"

"그것도 좋아."

좁은 내부에서 두 남녀의 시선이 교차했다. 다 묶은 머리 끝을 매만지던 수희가 이윽고 나직이 덧붙였다.

"나 오늘 안 돌아가도 괜찮아."

"어?"

"늦게까지 있어도 되니까 신경 쓰지 말라고."

"아, 어…… 그래."

재건이 황망히 대답하고는 바깥으로 시선을 던졌다. 오늘 안 돌아가도 괜찮다는 수희의 말에서 야릇한 느낌이 든 건 어째서일까.

대관람차에서 내린 두 사람은 택시를 잡아타고 시내에 가서 스시로 저녁을 먹었다. 사케를 주문했기 때문에 따로 술을 마시러 갈 것도 없었다.

"수희야, 괜찮아?"

"으응……. 괜찮아."

두 병째의 사케를 비웠을 즈음부터 수희의 자세가 급격하게 흐트러지고 있었다. 피로감 때문이었다. 빠듯하게 출장 일정을 마치고 바로 재건을 만나러 달려왔다. 거의 쉬지 못한 탓에 체력이 한계에 다다랐다.

"이제 그만 마시자."

"아냐, 더 마실 수 있어. 빨리 줘."

수희는 허세를 부리고 있는 것이 아니었다. 다만 스스로를 과신하고 있을 뿐이었다. 게다가 세상 누구보다도 든든한 남자가 동석하고 있다. 따스한 실내에서 그녀의 몸은 기분 좋게 늘어지고만 있었다.

"수희야, 진짜로 더 마시면 안 되겠다."

재건이 또 한 병의 사케를 시키려는 수희를 뜯어말렸다.

수희는 흐리멍덩한 두 눈에 힘을 가득 주고는 재건을 쏘아보았다.

취한 사람이 취하지 않은 척할 때의 표정.

재건은 쓰게 웃으며 겉옷을 챙겼다.

"일어나자. 데려다줄게."

"싫어, 안 나가."

"이 팀장님이 오늘 애처럼 왜 이러실까?"

"더 마시게 해줘. 바로 안 돌아가도 된다고 했잖아. 더 마시고 싶단 말이야."

재건이 난처한 시선으로 주위를 돌아보며 말했다.

"여기도 이제 슬슬 끝나갈 분위긴데……."

"더 늦게까지 하는 데로 가."

"알았어, 일단 계산부터 하고."

계산을 하고 자리로 돌아와 보니 수희는 엎드려 있었다. 재건은 그녀의 어깨를 잡고 흔들어 깨웠다.

"수희야, 일어나 봐. 일단 나가자."

"으음, 몰라……."

재건은 몹시 당황스러웠다. 항시 흐트러지는 일 없이 완벽한 수희가 오늘따라 왜 이럴까.

"일단 일어나자. 택시 타는 데까지만 나가자. 어?"

재건은 어렵사리 수희를 부축해서 식당 밖으로 나왔다. 갑자기 다슬을 모텔까지 업고 갔던 일이 떠올랐다.

일본에서도 이런 일을 겪게 될 줄이야.

달리 수가 없었다. 재건은 일단 자신이 묵는 호텔에 데려가기로 하고 택시를 잡아탔다.

"도큐인 우메다 오네가이시마스."

택시에 탔을 때는 부축으로 될 정도였지만 내렸을 때는 수희를 업어야 할 지경에 이르렀다.

재건은 어렵사리 엘리베이터를 타고 숙소로 돌아와 슈퍼싱글 침대에 그녀를 눕혔다.

"후우……!"

한겨울의 날씨였지만 온몸이 땀으로 범벅이 되어 있었다.

재건은 수희의 코트를 벗겨서 옷걸이에 걸고 이불을 덮어주었다. 그런 다음 욕실로 들어가 샤워를 했다.

"진짜 많이 피곤했나 보네."

씻고 나온 재건은 깊은 잠에 빠진 수희를 보며 중얼거렸다.

"오늘 고생 많았다, 수희야. 너 피곤한 것도, 신발도 내가 배려를 제대로 못했다. 미안하고 고마워."

듣지 못할 수희에게 말을 마친 재건은 테이블에 앉아 노트북을 펼쳤다. 잠은 전혀 오지 않았다. 어차피 호텔로 돌아오면 하루의 기록을 토대로 글을 쓸 예정이었다.

타다닥! 타다다다닥! 타닥! 타다닥!

경쾌한 타자 소리가 오사카의 깊은 밤을 울렸다. 수희를 모델로 삼은 여성 캐릭터 한주희가 이예지와 함께 덴포잔을 누비기 시작했다.

곤히 잠든 수희는 좋은 꿈이라도 꾸는지 입가에 미소를 머금고 있었다.

BIG LIFE

'내가 진짜 미쳤나 봐!'

새벽 5시가 되어 잠에서 깨어난 수희는 헝클어진 머리칼을 부여잡고 온몸을 부르르 떨었다.

화장도 지우지 않고 외출복 그대로, 그것도 재건의 방에서 잠이 들다니. 술의 힘을 이기지 못한 것도 모자라 재건에게 만취한 몸을 맡기다니.

스스로 저지른 일이 믿어지지 않는 수희였다.

재건은 노트북을 펼친 책상에 엎드린 채로 자고 있었다.

수희는 살금살금 그 뒤를 지나 욕실로 들어섰다. 그리고 최대한 조용히 샤워를 끝낸 다음 다시 옷을 입었다. 화장을 다시 할 여유가 없을 것 같아서 세안은 하지 않았다.

'미안해, 재건아……!'

얼굴을 보기가 민망스러워서 도저히 재건을 깨울 수가 없었다.

수희는 가방을 어깨에 메고 현관으로 향했다. 그러나 신발을 신으려던 중 문득 멈추고 재건을 돌아보았다.

'…….'

우두커니 서서 생각하고 있던 수희가 다시 살금살금 재건에게로 다가갔다. 둘 외에는 아무도 없는 호텔 방을 한 번 둘러본 그녀는 재빨리 재건의 뺨에 입을 맞추고는 도망치듯 방을 나섰다.

재건은 수희가 떠나고 몇 시간이 더 지난 늦은 아침이 되어서야 두 눈을 떴다. 책상에 엎드려 있던 몸을 일으킨 그는 뒤를 돌아보자마자 잠이 확 달아났다.

'언제 갔어?'

수희가 누워 있던 침대가 텅 비어 있었다.

핸드폰을 보니 시간이 10시를 넘어가고 있었다. 수희로부터 메시지도 수신되어 있었다.

-어제 엄청 미안 ㅠㅠ 완전히 피곤했나 봐. 나 실수한 거 없지? 급한 일 때문에 회사로 가야 돼. 너 곤히 자서 인사도 못 하고 가. 아침 잘 챙겨 먹고 남은 구경 잘 하고 돌아와. 한국에서 보자.

"하여간 항상 부지런해."

재건은 길게 하품을 하며 욕실로 향했다. 칫솔에 치약을 바르며 세면대의 거울을 들여다본 그의 표정이 굳었다. 왼쪽 뺨에 뭔가 불그스름한 자국이 새겨져 있었다.

"뭐야, 이거?"

재건이 거울 가까이 뺨을 들이대며 자세히 확인했다. 그러나 두루뭉술한 붉은 자국의 정체가 무엇인지 알 길이 없었다.

"뭐 어디서 묻은 건가."

재건은 대수롭지 않게 넘기고 뺨을 문질러 자국을 지웠다.

양치질을 시작할 무렵부터 그의 머리는 소설로만 가득해졌다. 남은 6일의 일정을 한시도 낭비할 마음은 없었다.

BIG LIFE

"완벽합니다."

초고를 전부 읽고 난 명석이 감탄스러운 듯이 말했다. 말로는 모자란 나머지 두 손을 들어 박수까지 쳐 댔다.

“세 캐릭터의 개성이 뚜렷해졌습니다. 살아 움직이는 듯한 기분마저 듭니다. 정말 고생 많으셨습니다, 하 선생님.”

“아닙니다, 편집장님이 오사카 여행을 할 수 있도록 편의를 봐주신 덕택입니다.”

재건은 겸손하게 말을 받았다. 구로역 인근의 카페였다. 재건은 엊그제 일본 여행을 마치고 돌아온 참이었다. 보내준 초고를 검토하고 난 명석의 제안으로 또 이렇게 만나게 된 것이다.

커피를 한 모금 마시고 난 재건이 말했다.

“이제부터 초고를 다듬어야 합니다. 넉넉잡고 한 달 정도 시간을 주실 수 있을까요?”

“물론입니다, 선생님. 한 달이라니 그것도 엄청나게 빠르신 겁니다. 정말 그렇게만 주실 수 있다면 저희 미스터리움 론칭도 그만큼 앞당겨질 수 있겠습니다.”

“제 작품 때문에 론칭을 앞당기신다고요?”

“네, 그만한 가치가 충분합니다.”

명석이 싱글거리며 대답했다. 그럭저럭 괜찮은 기성작가의 작품도 몇 확보해 두었다. 편집도 모조리 끝났다. 이제 재건의 소설만 완성된다면 당장에라도 미스터리움 브랜드는 출시될 준비가 돼 있었다.

“그럼 길어도 한 달 내로는 퇴고를 거친 원고를 받아볼 수 있다고 생각하고 일을 진행시켜도 될까요?"

"네, 그렇게 해주세요."

"감사합니다. 아, 그런데 하 선생님. 제목을 아직도 못 지으신 건가요?"

"아아, 네 그게…… 여러모로 생각은 해보고 있는데요."

재건이 곤궁한 표정으로 천장을 올려다보며 한숨을 내쉬었다.

"일단 생각한 건 있는데 영 별로인 것 같아서요."

"어떤 제목이죠?"

"MT는 모텔의 약자가 아니다…… 인데 이상한가요?"

"네? MT는 모텔의 약자가 아니다?"

"이상하세요? 대학생들이 MT의 본질적인 의미를 망각하고 문란하게 생각하는 걸 두고 지어본 제목이거든요. 사건도 거기에서부터 시작되고요."

"선생님, 죄송하지만 그건 좀 아닌 것 같습니다."

"역시 그렇습니까."

재건이 침울해져 고개를 떨어뜨렸다.

"제가 작명 센스가 영 부족합니다."

"아니, 그게…… 그렇게 나쁘지만은 않습니다, 선생님. 다만 명확하게 다가오지 않는다고 해야 할까요. 저도 한번 좋은 제목이 없을지 고심해 보겠습니다."

"고맙습니다."

재건이 손목을 들고 시계를 보았다. 시선을 읽은 명석이 눈치 빠르게 먼저 자리에서 일어섰다.

"바쁘신 것 같은데 이만 일어나시지요."

"죄송합니다. 다른 건 아니고 본가에 좀 가 봐야 해서요."

재건은 사거리로 나와 명석과 헤어지고 차에 올라탔다. 차는 병원이 아니라 수원의 본가로 향했다. 부모님을 만나기 전에 누나부터 만나야 할 필요가 있었다.

본가에 도착해 비밀번호를 누르고 문을 열자 재인이 설거지를 하다 말고 놀라서 뛰어나왔다.

"야, 너 뭐야? 말도 없이."

"누나한테 할 얘기가 있어서."

"할 얘기? 무슨 얘기?"

"고무장갑 벗고 이리 와서 앉아봐."

재건이 소파에 먼저 앉았다. 재인은 하던 설거지를 멈추고 고무장갑을 벗은 다음 그 옆에 나란히 앉으며 물었다.

"무슨 얘긴데?"

"이제 이사 가자고. 슬슬 봄이기도 하고."

"아아……."

"부동산 갔다 왔어. 그 단독주택 언제든지 볼 수 있대. 어머니 모시고 한번 다녀와. 이사는 아버지 퇴원하시고 나서 해도 되겠지만 집은 미리 봐도 되잖아."

"그래, 알았어."

"왜 이렇게 목소리가 힘이 없어? 기분 안 좋아?"

재인이 씁쓸하게 웃으며 고개를 내저었다.

"동생이 힘들게 글 써서 번 돈이니까."

"무슨 상관이야. 허투루 다른 데다 쓰는 것도 아니고 우리 가족이 살 집 사는 건데."

"그래……."

재인이 한껏 기지개를 켜며 낡은 빌라 안을 돌아보았다. 오래 살아왔던 집 안 곳곳을 향하는 그녀의 두 눈이 감회에 젖어 있었다.

"잘난 동생 덕분에 우리 가족이 단독주택에서 다 살아보게 되네."

"아줌마처럼 말하지 마."

"아줌마지 뭐. 내 나이가 벌써 몇인데."

"이제 누나도 연애하고 살아. 나 샤워 좀 한다."

자리에서 일어난 재건이 욕실로 향했다. 문을 닫기 직전 그는 고개를 살짝 내밀고 재인에게 던지듯이 말했다.

"그리고 누나 계좌 확인해 봐."

"계좌? 왜?"

"회사 그만두라고. 학원 차려. 어머니 아버지는 내가 챙겨드릴 테니까 다른 소리하지 말고."

재인은 남동생이 무슨 말을 하는 건지 알아들을 수가 없었다. 이윽고 욕실 문이 닫히고 샤워기에서 물이 쏟아지는 소리가 울렸다.

"뜬금없이 웬 계좌?"

핸드폰으로 인터넷뱅킹을 하지 않는 재인은 자기 방에서 컴퓨터를 켰다. 그리고 비밀번호를 누르고 계좌를 확인하자마자 기겁했다.

'재건아……!'

1억 원이라는 거금이 이체되어 있었다. 평생을 아낌없이 보듬어준 누나를 향한 남동생의 조촐한 보답이었다.

재인은 입을 다물지 못하고 오래도록 모니터 화면을 뚫어져라 바라보았다.

"야, 하재건. 이거 무슨 돈이야?"

재건이 씻는 걸 기다리지 못한 재인이 욕실 문을 두드리며 물었다. 문 너머에서 재건은 머리에 샴푸를 하며 실실거리고 있었다.

"누나 다 가져."

"뭐라고?"

"누나 다 가지라고. 회사 그만두고 하고 싶은 것 좀 하면서 살라고. 면허도 따고 차도 사고, 옷도 사 입고, 하고 싶은 공부도 하고 여행도 가고 다 마음대로 하라고."

"이렇게 큰돈을 어디다 다 써."

"안 들려."

"이렇게 큰돈을 어디다 다 쓰냐고!"

"그건 누나가 알아서 해야지. 하여간 아까 분명히 말했어. 그건 누나 돈이라고. 누나 위해서만 써. 이제 나가서 말해."

대답을 마친 재건은 머리를 감으며 생각했다. 누나는 또 문 앞에서 혼자 감동해서 눈물을 짜고 있을 테니 늦게 나가는 편이 좋을 것 같다고.

드르륵!

변기 위에 놓아둔 핸드폰이 빛을 발했다.

젖은 손을 타월에 닦고 내용을 확인한 재건은 비누 거품 가득한 만면에 미소를 지었다. 수희로부터 온 메시지였다.

-오리엔테이션 강연 내일이지? 한혜선 교수님이 부르셔서 나도 간다. 내일 거기서 또 보겠네. ^^ 우리 대단하신 하 작가님, 내일 봐.

재건은 핸드폰을 내려놓고 기운차게 머리를 헹궜다.

이제 또 새로운 출발이다. 하늘을 넘어 더 높은 하늘로 솟구치는 스스로가 생생하게 느껴지고 있었다.

28장
계속 짖어봐라

예술대학 오리엔테이션은 강원도 삼척시 소재의 호텔을 통째로 빌려 진행되었다. 학과별로 인원이 분리되고 난 후, 소연회장에서는 문예창작과 신입생들을 위한 재건의 강연이 시작되었다.

작년보다 2배 가까운 졸업생과 재학생들이 참여했다. 문단과 장르 양쪽에서 떠오르는 별 재건을 보러 온 것이다. 의자가 모자라서 복도에 선 채로 강연을 듣는 사람도 부지기수였다.

각종 문예지와 출판사에서도 예상을 웃도는 수의 기자들이 찾아왔다. 명석이 보낸 웅성출판그룹 소속 직원도 포함되어 있었다.

"별 영양가 없는 얘기만 떠들고 앉았네."

"그러게."

소연회장 바깥 복도에서 영일과 태정이 불만스럽게 말을 주고받았다. 이들은 재건과 같은 학번의 졸업생이자 동기였다. 부르는 사람이 없는데도 굳이 참가비를 내며 이곳에 온 것은 한혜선 교수에게 잘 보이기 위해서였다.

"뭐 그냥 지가 구질구질하게 골방에서 글 쓰던 얘기만 하고 앉았네. 많은 걸 보고 듣고 배우라니. 저런 소리 누가 못 하냐?"

"내 말이. 고등학교 다니는 내 사촌동생도 저 정도는 떠들겠다. 씨발, 운 좋게 글 좀 팔린 거 가지고."

"내용도 영 별로던데? 깊이도 없고 속물적이야."

재건이 눈꼴시고 아니꼬울수록 헐뜯는 표현도 점차 신랄해지고 있었다.

졸업생 중 최초로, 그것도 최연소로 오리엔테이션 강연을 하게 된 동기를 인정할 도량이 이들에게는 없었다.

"야, 영일이랑 태정이. 니들 여기서 뭐 해? 강연 안 들어?"

전화를 받으러 잠시 나왔던 정미가 통화를 끝내며 물었다. 영일이 정미를 쓱 보더니 바닥을 향해 코웃음을 터뜨렸다. 그 뒤를 이어 태정은 한심하다는 듯 허공을 향해 혀를 끌끌 차고 있었다.

"뭐야, 니들? 왜 그러는데?"

"너도 벌써 저런 속물 근성에 물든 거냐?"

"속물 근성이라니?"

"됐다, 뭐 길게 이야기할 필요 있겠냐? 아무튼 저딴 걸 강연이라고 표현하는 정미 네 수준도 알 만하다."

정미의 얼굴에서 일순 핏기가 가셨다. 하지만 이내 본래의 혈색을 되찾은 그녀는 한줄기 미소를 머금은 표정으로 차분하게 대답했다.

"그래, 너희들의 높은 수준에 안 맞으면 어쩔 수 없지. 나한테는 재건이 말이 참 도움이 되는데? 작가로서 미처 깨닫지 못했던 부분들도 일깨워 주고."

"아이구, 그러세요?"

"아무튼 니들한테 설명할 필욘 없겠다. 여기 복도 좋네. 잘 기대고 서 있어. 강연 끝나고 나중에 보자."

정미가 남은 강연을 들으러 소연회장으로 돌아갔다.

조소로 일렁이던 태정과 영일의 얼굴이 즉시 돌처럼 딱딱하게 굳었다. 특히 정미를 내심 마음에 두고 있던 태정의 분노는 더욱 컸다.

'망할 계집애가……!'

사실 정미뿐만이 아니었다. 동기 중 꽤 여러 명이 재건에게 호감을 갖기 시작한 눈치였다. 계속해서 성공 가도를 달리면서도 자신을 내세우지 않는 재건에게 점차 마음이 기울고 있는 것이다.

"대체 언제 끝나는 거냐? 존나게도 길게 떠드네."

영일이 소연회장 문틈으로 눈을 흘기며 툴툴거렸다. 강연 막바지에 다다른 재건의 목소리가 흘러나오고 있는 중이었다.

BIG LIFE

"……쓰고 싶은 글을 쓰셨으면 좋겠습니다. 다만 쓰고 싶은 글과 읽는 이를 배려하지 않는 이기적인 마음은 분간하셔야 합니다. 마음이 흔들릴 때마다 글을 쓰겠다고 처음 결심하셨던 때를 떠올려 보세요. 왜 글을 쓰면서 살겠다고 결심했었는지 매 순간 곱씹어 보셨으면 하는 바람입니다. 이상입니다."

우레와 같은 박수 소리가 울려 퍼지기 시작했다. 쉽사리 그칠 기미가 없는 박수 속에서 태정과 영일의 얼굴에는 점점 더 깊은 그늘이 드리워지고 있었다.

강연이 끝난 다음에도 재건은 쉴 틈이 없었다. 방문한 문예지 소속 기자들과 출판사 직원들을 상대로 간단한 인터뷰를 하는 데만도 한참의 시간이 걸렸다.

다음은 문예창작과 신입생들의 차례였다. 신입생 거의 전원이 재건에게 몰려들어 집요하게 사인을 요청하고 온갖 질문 공세를 던지기 시작했다. 이들에게 있어 재건은 TV에나 나오는 스타나 다름없는 존재, 혹은 그 이상이었다.

“선배님, 언제가 글이 가장 잘 써지세요?”

“다음 작품은 어떤 거 쓰시고 싶으세요?”

“글을 쓰실 때 미리 플롯을 다 짜두고 시작하시는 건가요?”

“질풍노도 쓰실 때 정말로 도우미 만나서 취재하셨어요?”

“선배님, 여친 없으세요? 지금도 싱글이신 거예요?”

입이 열 개라도 대답하기가 힘들 정도였지만 재건은 전력을 다했다. 자신의 답변이 조금이라도 후배들의 앞날에 보탬이 될 수 있다면 오늘 밤을 꼴딱 새우고 아침까지 응대해 줄 자신도 있었다.

파도처럼 밀려드는 후배들 중에는 오늘의 만남이 초면이 아닌 경우도 있었다.

“하재건 선배님, 혹시 저희 둘 기억하세요?”

질문한 두 여학생이 기대감 가득 품은 두 눈을 반짝반짝 빛내며 대답을 기다렸다. 가만히 그들을 쳐다보던 재건은 금세 기억해 내고 입가에 미소를 지었다.

“반디 앤 루니아 사인회 때 맞죠?”

“맞아요! 저희였어요!”

"이쪽 후배님이 정예인, 그리고 이쪽이 서지수?"

"꺄악! 대박! 우리 이름까지 기억하시고 계셨어요?!"

두 여학생은 기쁜 나머지 두 손으로 입을 가리고 토끼처럼 깡충깡충 뛰어댔다. 그러더니 재건의 옆으로 와 다리를 구부려 앉으며 핸드폰을 꺼내 들었다.

"선배님, 저희랑 사진 또 찍어주세요. 네?"

"그래요."

"말씀 놓으시고요, 선배님. 정연아, 우리 사진 좀."

사인회 때보다 대담해진 두 여학생이 각자 재건의 팔에 팔짱을 꼈다. 파릇파릇한 신입생들의 한복판에서 재건은 수줍은 웃음을 그치지 못했다. 플래시가 연달아 터지고 있었다.

그와 같은 시간의 같은 공간.

'아주 그냥 스타 납셨네. 지랄은.'

태정이 날 선 시선으로 재건을 쏘아보며 소주를 단숨에 들이마셨다.

홀의 한쪽에 마련된 커다란 자리였다. 태정을 비롯한 재건의 동기 여럿이 모여 술잔을 기울이는 중이었다.

태정은 동기들 사이에서도 소외되어 있었다. 같은 편이라고 여겼던 영일마저 다른 여자 동기들의 환심을 사느라 재건에 대한 이야기에 웃으며 맞장구를 치고 있는 판국이었다.

속이 부글부글 끓어서 술을 마시지 않고는 배길 수가 없었다. 핸드폰을 잡은 손가락은 지금 이 순간에도 동기들의 눈을 피해 재건의 책에 악성 댓글을 달기 바빴다.

"어머, 너희들 다 여기에 모여 있었네?"

"앗, 수희다!"

정미와 몇몇 여자가 자리에서 일어서며 수희를 반겼다.

스웨터와 청바지, 그리고 운동화를 신은 수희는 평소의 단정한 직장인의 면모를 탈피하고 있었다. 화장도 하지 않은 오늘의 그녀는 신입생들 틈바구니에 던져 놓아도 전혀 이질감이 느껴지지 않을 만큼 싱그러웠다.

"재건이는 대체 언제쯤 이 자리로 온대니?"

정미가 미간을 찌푸리며 물었다. 수희는 재건 쪽을 한 번 돌아보고는 쓰게 웃으며 대답했다.

"한 시간은 더 저렇게 시달려야 하지 않을까? 바쁜 재건이 놔두고 우리끼리 맛있게 먹자."

"그러고 보니 명훈이는 잘 지내? 너네 회사에서 시나리오 쓰고 있다면서?"

"응, 뭐. 그럭저럭."

"여긴 왜 안 왔대?"

"나야 모르지, 회사에서도 거의 잘 못 봐."

말은 그렇게 했지만 수희는 알았다. 명훈은 아마 오늘 잠을 이루지 못할 것이다. 재건이 졸업생 중 최초로 오리엔테이션에서 강연하게 되었다는 사실을 모를 턱이 없으니.

“내가 한 잔씩 돌릴게.”

수희는 술병을 들고 일어나 자리를 빙 돌며 동기들에게 한 잔씩 따라주었다. 이윽고 태정의 차례가 왔고 그녀는 술병을 내밀며 권했다.

“한 잔 받아, 태정아.”

“내가 따라 마시련다.”

태정이 손사래를 치며 수희의 술을 거부했다. 수희는 왜 그러나 싶은 표정으로 잠시 쳐다보았을 뿐 더 권하지 않고 물러섰다.

“자, 건배! 다들 힘내자!”

동기들은 술을 나누며 세상과 글에 대해 대체적으로 즐거운 대화를 나누기 시작했다.

가장 많이 오르락내리락하는 화제는 재건이었다.

재건의 수익이 얼마일까, 다음 작품은 어떤 장르일까, 영화나 드라마는 언제 만들어질까 등등 밑도 끝도 없는 이야기가 쏟아져 나오고 있었다.

“수희야, 나 제대로 재건이한테 글 한번 배워보고 싶은데 가능할까?”

기어코 대화 도중 정미가 진중한 눈빛으로 속마음을 토로

했다. 구석에서 홀로 술을 마시던 태정의 두 눈이 번득였다.

"요즘 재건이가 많이 바쁜 것 같아서 잘 모르겠다. 한번 물어보기나 해봐."

"그러지 말고 수희야, 네가 재건이한테 대신 부탁 좀 해주면 안 돼? 재건이가 네 말이라면 잘 들어주잖아."

"아니야, 재건이 내 말이라고 들어주고 그런 거 없어. 일단 지나가듯 말은 한번 해볼게."

"정말 고마워! 잘되면 내가 한번 맛있는 거 살게!"

정미가 수희의 두 손을 꼭 잡을 정도로 좋아했다.

태정은 더 이상 참을 수가 없었다. 그는 마지막 한 방울까지 마셔 버린 술잔을 쾅 소리가 나도록 상 위에 내려놓았다.

모두의 시선이 그에게로 쏠렸다.

"질 떨어져서 못 듣고 있겠네."

일순 자리가 얼음물 한 양동이를 끼얹은 것처럼 싸늘해졌다. 가장 먼저 침묵을 깬 것은 수희였다.

"지금 뭐라 그런 거야?"

"질 떨어져서 못 듣고 있겠다고 했다. 같잖은 글 몇 개 좀 팔아 치운 게 뭐 대단한 일이라고."

"재건이 얘기니?"

수희가 뻔히 알면서도 물었다. 꽤나 술이 오른 태정은 상체가 흔들리도록 헛웃음을 터뜨리고는 혼잣말을 하듯이 중얼거렸다.

“끽해야 만화방 대여점 소설이나 쓰던 가락이 어딜 가겠어? 멍청한 여자는 지 누나 갖고 쓴 일기장이고, 90년대 소년은 수필인지 소설인지 구분도 안 가고, 질풍노도는 하, 씨발…….”

태정이 또 한 잔의 술을 목젖으로 넘겼다. 수희가 냉랭한 시선으로 지켜보는 가운데 그의 말이 이어졌다.

“미안, 내가 욕은 안 하려고 했는데 안 할 수가 있어야지. 노래방 도우미라는 자극적인 소재를 쓰지 않고는 글줄이 안 나오나 봐? 이런 게 소설이냐? 꼴랑 취재 좀 한 것도 뭐 대수라고. 그거 작가라면 누구나 다 하는 건데 왜 그렇게 강조를 하고 난린지 의문이다.”

옆에서 정미가 수희를 끌어당기며 상대하지 말라는 눈짓을 보내고 있었다. 수희도 그럴 생각으로 표정을 풀고 시선을 거둬들였다. 대학 시절부터 태정은 이런 식이었다.

태정의 말은 아직 끝나지 않았다.

“맘만 먹으면 발로도 쓸 수 있는 글 몇 개 가지고 잘난 척은. 나 같으면 쪽팔려서 자살할 것 같다.”

수희는 더 이상 참을 수가 없었다. 뜯어말리는 정미의 손길을 아래로 누르는 동시에 태정에게 말을 던졌다.

“발로 써봐.”

"……뭐?"

"발로 써 보라고, 태정아. 정말 재건이만큼의 글이 나올 수 있는지 한번 보고 싶네."

"하지 마, 수희야. 태정이 취했어."

태정이 수희를 노려보며 턱 끝을 부들부들 떨었다. 수희는 그의 졸렬한 눈빛을 피하지 않고 여유로운 미소까지 지으면서 받아들이고 있었다.

"골 때리네, 진짜."

"뭐가?"

"말이 그렇다는 거지 내가 왜 그딴 글을 쓰냐? 제대로 된 진짜 글을 쓰기만도 시간 빠듯하거든?"

"무슨 글을 썼는데?"

"뭐?"

"그래서 네가 무슨 글을 썼냐고. 대학 졸업하고 지금까지 어디 지방지 공모전에서라도 수상한 적 있니? 아니면 단돈 100원이라도 벌어본 적 있어?"

태정의 안색이 새파랗게 질려갔다. 목에 핏발이 설 정도로 분노를 느끼면서 그는 으르렁거리듯이 대답했다.

"그딴 세간의 개떡 같은 평가는 안 중요해. 정말 중요한 건 내 스스로가 만족할 수 있는 글을 써낼 수 있느냐는 거지. 난 내 자신이 만족할 수 있는 진정한 글을 쓰는 거고."

"읽어주는 사람 하나 없는 작품이 무슨 소용이니?"

"이수희……! 너 오늘 날 어디까지 모욕하려는 거냐!"

"모욕은 네가 먼저 재건이한테 했지. 도저히 더는 귀가 썩을 것 같아서 못 들어주겠더라. 너 혼자 잘났다는 듯이 계속 재건이 헐뜯는데, 그거 아니? 사실 너 지지리도 못났어."

"야!"

태정이 소리치며 벌떡 일어섰다. 주변의 신입생들이 일순 시선을 모았다. 수희가 뒤를 돌아보았다. 다행스럽게도 재건은 거리가 멀어서 이쪽의 기미를 깨닫지 못한 듯했다.

"야, 이수희. 같잖은 게임 만드는 회사나 다니는 주제에 뭘 잘났다고 그렇게 지껄이냐? 문창과 나와서 그 실력 발휘할 데가 끽해야 게임 기획에 시나리오냐?"

수희의 표정에는 한 점 변화도 없었다. 오히려 태정의 도발은 그녀의 마지막 독설에 화력을 보태는 계기만 됐다.

"너, 명훈이한테 엄청 부탁했다면서?"

"……뭐?"

"게임 시나리오 라이터 막내 작가로라도 제발 좀 써달라고. 진정한 글을 쓰겠다는 애가 어째서 같잖은 게임 시나리오를 쓰려고 안달이실까?"

"그, 그건……!"

태정이 말을 잇지 못하고 주변의 동기들부터 살폈다.

명훈이가 이런 얘기를 수희에게 했을 줄이야.

동기들은 측은한 마음이 든 나머지 태정을 쳐다보지도 않고 있었다.

“넥션에서 시나리오 쓰고 싶으면 명훈이가 아니라 팀장인 내게 말했어야지. 뭐, 시나리오 쓴 거 있으면 검토는 해볼 테니까 메일로 줘. 근데 내가 지금까지 본 네 글 특성상 무미건조하고 지루해서 통과될 가능성은 없을 것 같네.”

말을 마친 수희가 차가운 맥주를 한 모금 마셨다. 울화를 터뜨릴 기력마저 잃은 태정은 어정쩡한 자세로 사시나무처럼 벌벌 떨고만 있었다. 흡사 영혼까지 박탈당한 듯한 표정이었다.

“어머, 내 정신 좀 봐. 잠깐 한혜선 교수님 좀 뵙고 올게.”

수희가 자리를 벗어나 걸음을 내디뎠다. 문득 재건에게로 시선이 향했다. 때맞춰 재건도 그녀를 보았고 시선이 마주치자 손을 들어 보였다. 수희는 굳이 다가가지 않고 미소로만 화답했다.

‘힘내, 재건아.’

재건은 한시도 쉬지 않는다. 오늘이 지나면 더더욱 성장할 것이다. 태정과 같은 동기들이 차마 입에 담지도 못할 만큼 높은 곳까지 올라설 것이다.

수희는 지그시 웃으며 가던 걸음을 재촉했다.

타다다닥! 타다닥!

타다다닥! 탁!

재건은 자신을 향한 수희의 믿음을 거스르지 않았다. 한 달 이내에 명석에게 완성된 원고를 넘기기 위해 단 하루도 집필을 멈추지 않고 있는 나날이 계속되고 있었다.

'선배님, 어떠세요? 이 부분 반전 납득 가능하세요?'

–강렬한 인상을 주고 싶은 마음은 이해하네만 사건 전후 배경이 다소 부족하지 않나?

'그런가요, 저는 이 정도면 충분하다고 생각하는데요.'

–자네 글이니 자네 마음대로 하게. 묻지 마.

서건우와의 공방 아닌 공방을 거칠수록 원고는 더욱 정교해지고 빛을 발했다.

재건은 미친 사람처럼 두 눈에 불을 켜고 원고를 고쳐 썼다. 쓰러지기 직전에 다다르면 머그컵으로 한 잔의 커피를 마시고 기력을 회복하곤 했다. 주변 사람들은 원룸에 틀어박힌 재건을 좀처럼 볼 수가 없었다. 작가 사무실에도 얼굴을 비치지 않았다.

시간이 흐르면서 사무실의 민호와 은영도 걱정스레 말을 주고받곤 했다.

“하 작가님 무슨 일 있는 건 아니겠지?”

“너무 걱정돼서 아침에 문자 한번 보내봤어. 잘 지내고 있으니 걱정 말라고 하시네. 그 미스터리 신작 막판 스퍼트 올리시는 중이겠지.”

“그러다 쓰러지실까 봐 걱정된다. 나 민호 형 집에 가고 없는 사이에 하 작가님 작업하는 거 보고 뒤로 쓰러질 뻔했잖아. 어떻게 사람이 그렇게 기계처럼 집중을 해?”

“나도 아무리 봐도 안 익숙해진다. 우리도 힘내자. 아니, 근데 현경이 얘는 또 연재 펑크 내고 어디 갔어? 요즘 정신이 딴 데로 샌 거 같아.”

두 사람이 그렇게 대화하는 순간에도 타자를 두들기는 재건의 손가락은 멈추지 않고 있었다. 명석과 약속한 기일이 다가올수록 마음은 더없이 초조해졌다.

‘톨스토이의 단편이 떠오르는군.’

소설에 등장하는 현명한 어떤 아낙네가 말했었다.

축제일이 정해져 있기에 다행이라고. 만약 아니었다면 평생을 준비해도 끝이 나지 않았을 거라고.

지금처럼 그 표현이 가슴에 와 닿는 적도 없었다.

“야옹.”

“후우, 리카. 이제 거의 다 끝났어. 조금만 더……!”

재건은 손가락이 뜨겁게 달아오를 때마다 욕실로 가 찬물로 헹구고 또다시 썼다.

나중에는 아예 컴퓨터 옆에 찬물을 받은 대야를 가져다 놓고 수시로 손을 식히며 썼다. 만족스러운 수준으로 글이 다듬어지기 전까지는 한순간도 편안히 쉴 수가 없었다.

BIG LIFE

시간이 쏜살같이 흘러 3월의 막바지에 다다랐다.

드디어 재건은 퇴고 작업을 드디어 끝마쳤다. 단어 하나 건드릴 한 줌의 기력조차 남아나지 않게 되어서야 그는 명석에게 원고를 보냈다.

-고생 많으셨습니다, 하 선생님! 쉬시고 계실 것 같아서 메시지로 대신합니다. 푹 쉬시고 연락 주십시오!

핸드폰으로 명석의 메시지가 날아들었다. 재건은 그것을 확인하지 못했다. 명석의 예상대로 리카를 끌어안은 채 이미 깊은 잠에 빠져든 상태였기 때문이다.

한편, 가족에게도 여러 변화가 있었다.

우선 석재가 병원에서 퇴원했다. 의사의 예상보다 회복 속도가 빨랐던 덕분이었다. 앞으로 얼마간 통원 치료를 받으면 된다는 진단과 함께 그는 집으로 돌아올 수 있었다.

그로부터 얼마 후에는 더욱 큰 변화가 생겨났다. 드디어 가족 모두가 빌라를 벗어나 단독주택으로 이사를 가게 된 것이다.

"재인아, 이게 진짜 앞으로 우리가 살 집이란 거지?"

"엄마 또 이런다. 한 번만 더 하면 천 번은 되겠어."

아담한 정원까지 보유한 2층짜리 집에 처음으로 들어선 날.

명자는 결국 울음을 터뜨리고 말았다. 재인은 짐짓 나무라면서도 명자를 끌어안고 눈시울을 붉혔다. 석재는 정원 한구석에서 아내를 위한 텃밭을 만들기 위해 묵묵히 바닥을 다지고 있었다.

"다들 고생하셨습니다."

해질녘이 되어 할 일을 마친 이삿짐 업체 직원들이 모두 돌아갔다. 재건은 대문을 닫고 지친 몸으로 돌아섰다. 온종일 짐을 정리하느라 기진맥진했다.

"야옹."

"안기지 마, 리카. 지금 너 안을 힘도 없어."

재건은 가슴에 대롱대롱 매달린 리카와 함께 집으로 들어섰다. 명자와 재인이 넓은 거실 한가운데에 식탁을 깔고 저녁을 차리고 있었다.

"아버지, 이제 그만하시고 들어오세요."

"알았다."

석재도 텃밭 만들던 손길을 거두고 집으로 들어왔다.

새 집에서의 첫 식사는 웃음이 끊이지 않았다. 사이가 좋아진 부자는 더 이상 서로의 얼굴을 외면하지 않았다.

"글은 잘 끝낸 거냐?"

"네, 아버지 덕분이에요."

"내가 한 게 뭐 있다고."

"아버지가 소개시켜 주신 법의학자 친구분 아니셨으면 이 글은 내지도 못했을 거예요. 친구분도 대단하시지만 전 아버지 인맥에 더 놀랐습니다."

"자식이, 엉너리도 칠 줄 아네."

석재가 부끄러운 듯이 딴 곳을 보며 술을 쭉 들이켰다.

명자와 재인은 서로를 쳐다보며 쿡쿡 웃고 있었다.

드르륵!

"죄송해요, 통화 좀 금방 하고 올게요."

재건은 명석으로부터 전화가 걸려온 핸드폰을 들고 정원으로 나가 통화 아이콘을 끌어당겼다.

"네, 편집장님."

–이사는 잘 하셨어요, 선생님?

"잘 끝났습니다. 집이 전보다 넓어서 그런지 되게 휑해요. 짐도 별로 없고요."

-단독이라고 하셨죠? 언제 한번 보고 싶네요. 아무튼 선생님, 스무 살의 여름 관련해서 전화 드렸습니다.

"네, 말씀하세요."

'스무 살의 여름'은 재건의 신작 미스터리 소설로 재건과 명석이 머리를 맞대고 궁리한 끝에 결정된 제목이었다.

-내주부터 미스터리움 론칭 마케팅 들어갑니다. 인터넷 주요 포털 사이트와 라디오, 그리고 잡지에도 들어갈 거고요. 물론 스무 살의 여름은 대대적으로 홍보가 될 겁니다. 말씀드렸던 대로 사인회는 한 번 하시게 될 거고, 또 방송 출연은 조금 더 추이를 지켜보고 결정할 거고요. 어쩌면 라디오가 아니라 TV가 될지도 모르겠습니다.

"네, 기억하고 있습니다."

-마지막으로 스무 살의 여름은 출간 전에 사전 예약을 받고 판매를 진행할 겁니다. 내주에 다시 연락을 드리겠습니다.

"항상 신경 써주셔서 정말 감사합니다, 편집장님."

-감사드려야 하는 건 언제나 제 쪽입니다. 그간 고생 많으셨습니다. 그럼 푹 쉬세요.

"네, 편집장님도 들어가세요."

전화를 끊고 난 재건은 후련하게 한숨을 내뱉으며 하늘을 올려다보았다.

공해로 찌든 수도권의 밤하늘이 어쩐 일일까. 오늘따라 무수한 별이 반짝이고 있었다.

BIG LIFE

“하하하! 그래요? 1만 부가 넘어갔다고?”

이제 막 출근한 명석은 코트를 벗지도 못한 채 핸드폰에 대고 웃음을 터뜨렸다. 아침부터 들려온 희소식이 간밤 내내 느꼈던 불안감을 단숨에 종식시켰다.

“이거 놀라서 말을 잇기도 힘드네요. 나는 사전 예약으로 3,000부만 소화해도 성공이라고 생각하고 있었는데, 아아. 네. 그래요. 고생 많았고 앞으로도 수고해 줘요.”

전화를 끊은 명석은 즉시 컴퓨터를 켜고 인터넷에 접속했다. 재건의 이름을 입력하자 ‘스무 살의 여름 예약 판매’라는 나머지 단어가 자동으로 떠오르고 있었다.

“SNS 반응도 좋고……!”

‘스무 살의 여름’을 화제로 삼은 온갖 글이 실시간으로 떠오르고 있었다. 명석은 미소 띤 얼굴로 네티즌들의 반응을 확인하던 끝에 재건의 트위터에 도달했다.

곧이어 그의 입가가 찢어질 듯이 벌어졌다. 팔로워 수가 10만 명에 가까워지고 있는 재건의 트위터에 수많은 열성 독자가 끊임없이 멘션을 날리고 있었다.

—이번엔 미스터리라니! 저 완전 광팬이에요!

—미친ㅋㅋㅋㅋㅋㅋㅋㅋㅋ 대체 하재건 작가님은 못 쓰는 장르가 뭐임?!

—솔직히 미스터리는 아무나 쉽게 쓸 수 있는 게 아니라서;;; 설계할 부분도 많고. 전작들은 좋았지만 이번은 좀 걱정됩니다.

—사전 예약으로 구매했습니다. 빨리 받아봤으면 좋겠어요.

—하재건 작가님, 연락 좀 주시면 안돼요? 저 기억하실지 모르겠는데 예전에 서점에서 만났던 직원이에요. 연락처도 드렸었는데 감감 무소식 ㅠㅠ

'으음? 이건 또 뭐지? 아이돌 멤버인가?'

트위터를 살피다 보니 인기 걸그룹 애플티의 멤버 채린의 이름이 눈에 밟혔다.

재건의 신작을 거론한 그녀의 멘션은 벌써 1,000단위로 리트윗되고 있었다.

—하재건 작가님 신작 완전 기대! 질풍노도 후유증이 아직 가시지 않았는데 이번엔 미스터리라니?! 채린이도 완전 좋아하는 장르! 사전 구매 완료! 슬픈 내용만 아니었으면 ㅠㅠ

'제대로다……!'

명석이 주먹을 불끈 쥐었다. 재건의 신작이 좋은 작품이라는 건 편집한 자신이 누구보다도 확신하고 있었다.

하지만 아직 신인 작가의 이미지를 벗어나지 못한 그가 사전 예약에서 1만 부 이상의 놀라운 성적을 올릴 수 있으리라고는 전혀 예상하지 못했다.

책이 나가기도 전에 1만 부를 팔아 치우다니!

명석은 격렬히 기뻐하는 한편 경악스러워서 오금이 다 부들부들 떨리고 있을 정도였다.

'스무 살의 여름으로 미스터리움을 끌고 간다……! 이건 백 퍼센트야……! 계속해서 이슈를 만들어줘야 해!'

명석은 재건의 신작 판매고를 올리기 위해서라면 무슨 일이라도 할 만반의 준비가 돼 있었다. 광고든 방송이든 웅성출판그룹의 힘으로 지원할 수 있는 부분은 뭐든지 해줄 요량이었다. 작가 하재건을 위해서, 나아가 자신 역시 좋은 작가를 발굴한 유능한 편집자로 거듭나기 위해서.

'아, 전화나 한 통 넣어야겠군.'

명석은 기쁜 소식을 전해 주고 싶은 마음에 핸드폰을 들었다. 그러나 재건의 번호를 누르려는 찰나, 문이 벌컥 열리면서 불청객이 뛰어들었다.

"뭐야, 너?"

웃음기 사라진 명석의 얼굴이 단숨에 싸늘해졌다.

남동생 명훈이 문턱에 서 있었다. 줄기차게 달려왔는지 가슴을 들썩이며 거친 숨을 몰아쉬는 중이었다. 두 눈으로는 명석을 마치 죽일 듯이 노려보고 있었다.

"부른 적도 없는데 노크도 없이 뛰어들어? 그 무례한 버릇은 언제쯤 고칠래?"

"어떻게 된 거야?"

"뭐가?"

"모르는 척하지 마. 내가 묻는 게 뭔지 알잖아."

명석이 한숨을 내쉬며 안경을 벗었다. 안 그래도 동생이 이렇게 들이닥치지 않을까 얼마간 예상은 하고 있었던 참이다.

"하재건 선생님 말하는 거냐?"

명훈이 두 눈을 부릅떴다. 입을 벌린 채 학질에 걸린 사람처럼 온몸을 떨면서 그는 믿지 못하겠다는 듯이 되물었다.

"선생님…… 이라고?"

"내 말이 뭐가 잘못됐어? 작가님들 그렇게 부르잖아."

명석이 왜 그러냐는 듯이 두 손바닥을 들어 보이며 반문했다.

명훈은 등 뒤로 문을 세차게 닫으며 목소리를 높였다.

"왜 나한테 말 안 했어!"

"네가 언제 말할 기회나 줬냐? 집에도 한 번 안 찾아왔으면서. 그리고…….”

잠시 뜸을 들이며 명석이 두 눈을 번득이고 있었다.

“너한테 말했으면 뭐가 달라지냐?”

“으으으……!”

명훈이 이를 부서져라 악물며 뒤틀린 신음을 흘렸다. 끝까지 잡아주고 달래줄 줄 알았던 형마저 자신을 내치다니.

머리가 어질어질했다.

천장과 바닥이 위치를 맞바꾸고 있었다.

“형이…… 형이 나한테 이럴 수 있어?”

“난 네 형이기 전에 미스터리움 편집장이다.”

“내가 그 자식을 얼마나 싫어하는지 알면서! 그러면서 날 젖히고 그 자식 작품을 론칭작으로 낸다는 게 말이 돼?!”

“난 분명히 수도 없이 말했다. 론칭작으로 쓸 만한 작품 좀 써서 달라고. 얼마든지 기다려 줄 수도 있다고. 거기에 응하지 않고 집에도 코빼기 한 번 비치지 않은 건 명훈이 바로 너다. 이건 네가 스스로 초래한 결과야.”

“두고 봐……! 내가 어떻게 할지 똑바로 봐! 형이 날 이렇게 모욕해?!”

명훈이 핏발 선 자신의 얼굴을 손가락으로 가리켜 보이며 비명에 가까운 목소리로 거듭 외쳤다.

명석은 태연한 눈빛으로 말없이 그를 바라볼 뿐이었다.

"두고 보라고!"

명훈은 왈칵 솟는 분한 눈물을 참기가 힘들어 부서져라 문을 열고 나가 버렸다.

두고 보자는 그의 말이 어떤 의미인지 명석은 알 수 없었다. 졸렬한 증오에서 벗어나 진정한 작가로 거듭나기만을 바라고 있을 뿐이었다.

29장

스무 살의 여름이 온다

"죄송합니다. 지금 청탁받아서 원고를 쓸 정신적인 여유가 없습니다. 마음이 생기면 제가 연락을 드리겠습니다. 네, 수고하세요."

전화를 끊자마자 또 핸드폰이 울렸다. 이제 막 정진과 라면을 먹으려던 참이었다. 계속되는 전화로 인해 재건은 아직 한 젓가락도 먹지 못했다.

"여보세요? 아, 네…… 강연이요? 정말 죄송한데 강연은 당장 무립니다. 준비해야 할 것도 많고요."

재건이 통화하는 사이에 정진은 혼자서 라면을 다 먹고 빈 그릇을 개수대로 옮겼다. 재건의 라면은 이미 우동처럼 면발이 퉁퉁 불은 채로 싸늘히 식어 있었다.

"미안하다, 정진아. 무슨 전화가 이렇게 몰려서 한꺼번에 오냐."

이윽고 통화를 끝낸 재건이 한숨 섞인 목소리로 말했다.

"나 진짜 핸드폰 번호 바꿔야 되는 거 아닌가 모르겠다."

"연락처가 어디서 샌 거 아니냐?"

"내가 묻고 싶은 말이다. 이메일은 더 심해."

'스무 살의 여름' 광고가 대대적으로 시작된 이후 걸려오는 전화가 부쩍 늘었다. 대부분은 장편 및 단편 원고 청탁이지만 중소기업 혹은 공공기관으로부터의 강연 요청도 적지 않았다.

많은 사람이 능력을 인정해 주고 일을 부탁해 오는 건 당연히 기쁜 일이다. 하지만 하나의 몸으로 그 많은 부탁을 소화해 낼 수는 없었다.

무엇보다 재건은 지쳐 있었다. '스무 살의 여름' 집필에 가진 모든 힘을 쏟아부었다. 목과 손목의 통증을 비롯해서 온몸에 누적된 피로가 아직까지 절반조차 가시지 않은 상태였다.

"강연이라도 좋은 것만 몇 개씩 골라서 해봐."

자리로 돌아와 앉으며 정진이 말했다.

"몇 시간 강연하는 걸로 몇백씩 준다는데 그걸 마다해? 나라면 바로 하겠다. 하루 만에 내 월급이 나오는 거 아냐."

"오리엔테이션에서 신입생들 상대로 강연하는 것도 내 그릇으론 힘들더라. 나 진짜 이번 스무 살의 여름 쓰고 완전히 방전된 것 같아. 한동안은 쉬어야겠어."

재건이 젓가락을 들고 라면을 한 젓가락 집었다. 퉁퉁 부은 면발이 입으로 채 가져가기도 전에 톡 하고 끊겼다. 정진은 라면 그릇을 빼앗아 들더니 개수대에 몽땅 부어버렸다.

"먹을 수 있는데 아깝게 왜 버려?"

"궁상 좀 떨지 마. 그깟 라면 새로 하나 끓여 먹으면 되지. 아니, 생각해 보니까 라면이 문제가 아니라……."

정진이 말을 하다 말고 재건의 비좁은 원룸을 돌아보며 딱하다는 듯이 혀를 끌끌 찼다.

"넌 그렇게 돈도 왕창 벌어놓고 아직도 이 좁은 원룸 월세가 뭐냐? 이사 좀 가."

"여기도 충분한데 뭘."

"너도 너지만 리카 답답할 건 생각 안 하냐?"

"당장은 그럴 만한 목돈이 없다. 수원 단독 사는 데 거의 다 썼거든. 이제부터 또 인세 들어오는 거 모아야지."

"그러니까 강연 나가라고."

"그냥 쉬었다가 글을 쓰는 게 낫지 않을까."

"그러세요. 좋으실 대로 하세요. 하여간 사인회 아침부터 원룸에서 친구랑 라면 끓여 드시는 인기 작가님 수준……!"

오늘은 재건의 '스무 살의 여름' 출간 기념 사인회가 열리는 날이다. 정진이 찾아온 이유도 사인회 때문이었다. 공교롭게도 이번 역시 '질풍노도' 때처럼 반디 앤 루니아 본점에서 사인회를 하게 됐다.

"야, 너 옷이나 입어."

정진이 냄비에 물을 받아 전기레인지에 올리며 말했다. 정장 차림인 그와 달리 재건은 아직도 후줄근한 트레이닝복을 입고 있었다.

새 라면을 한 봉지 뜯는 정진을 바라보며 재건이 넌지시 말했다.

"고맙다."

"끓여주는 값 십만 원이다."

"라면 말고 오늘 또 와줘서 고맙다고."

"휴일인데 할 일 없어서 그냥 온 거야. 시끄러운 소리 말고 옷이나 입으라고."

"알았다."

재건은 트레이닝복을 벗고 벽에 걸어둔 멋스러운 정장으로 갈아입었다. 재인이 선물해 준 옷이었다. 편안한 셔츠에 청바지를 입고 싶었지만 누나의 성의를 무시할 수 없었다.

"진짜 모양새 안 난다."

정진이 농담을 툭 던졌다. 정장 차림으로 바닥에 앉아 라면을 먹는 재건을 두고 한 말이었다. 재건은 뚜껑에 대고서

면발을 후루룩 빨아들이다 말고 킥킥 웃음을 터뜨렸다.

BIG LIFE

"채린아, 책 그만 읽고 눈 좀 붙여."

"괜찮아, 어제 5시간이나 잤는걸 뭐. 내일까지 개인 일정으로 빠져서 힘들지도 않고."

차도를 달리고 있는 밴의 널찍한 뒷좌석. 채린은 세상 누구보다도 편안한 자세로 '스무 살의 여름'을 읽고 있었다. 사전 예약으로 구매한 그녀는 벌써 절반 이상을 읽은 상태였다.

"이야, 이 작가 글 정말 재밌네……."

채린이 감탄 섞인 목소리로 중얼거렸다.

국내에서 세 손가락 안에 드는 인기 걸그룹의 리더가 됐지만 글을 향한 애정은 식지 않았다. 애초에 읽는 것과 쓰는 것 모두 좋아했다. 전공이 국문학인 것도 그녀 스스로 내린 결정이었다.

"도대체 얼마나 써야 이 정도 글을 쓰지?"

매니저는 책에 도통 관심이 없는 사람이었다. 시큰둥한 표정으로 한 번 돌아보았을 뿐 아무런 대꾸가 없었다.

"오빠도 시간 나면 한번 읽어봐. 이 작가 정말 재밌게 잘 쓴단 말야."

“난 도준이랑 같은 과야. 책만 펴면 바로 잠이 와서 안 돼. 교통사고 난다.”

“핑계도 좋아요.”

채린은 손목이 뻐근해져 잠시 책을 내려놓고 자세를 고쳐 앉았다. 그러고는 핸드폰을 들고 하재건의 이름을 검색했다.

그간 무심히 지나쳤던 프로필을 새삼스런 눈길로 들여다보며 그녀가 중얼거렸다.

“명경예대 문창 나왔네? 나도 옛날에 여기 가고 싶었는데.”

붉은 매니큐어를 바른 손가락이 프로필에 등록된 트위터를 클릭했다.

재건의 트위터가 핸드폰 화면 가득 떠올랐다.

“……!”

곧이어 채린의 두 눈은 휘둥그레 변했다.

“오빠, 지금 잠실 들어온 거지?”

“어, 차가 좀 막히네. 왜?”

“반디 앤 루니아 잠깐만 들렀다 가자.”

“책 살 거 있어? 인터넷으로 사지.”

“바로 사고 싶어서 그래. 주문하면 오래 걸리잖아.”

“알았어, 그럼. 차 대놓고 내가 갔다 올게.”

“아니, 내가 직접 갈 거야.”

“뭐?”

매니저가 얼굴을 찌푸리며 돌아보았다. 이미 채린은 만반의 준비를 갖추고 있었다. 선글라스와 마스크로 얼굴의 태반을 가린 것만으로도 모자라 모자까지 푹 눌러쓴 채였다.

"이 정도면 문제없지?"

"채린아, 너 그렇게 해도 알아볼 팬은 다 알아봐."

"후다닥 다녀올 거야. 5분도 안 걸릴 거라구."

결국 채린이 이겼다. 매니저가 주차장에 차를 댔고 채린은 주위를 살피며 조심스레 내려섰다. 방송용으로 입은 시스루와 핫팬츠 조합을 숨기기 위해 기다란 코트도 온몸에 둘렀다.

'후후후, 스파이라도 된 것 같은 기분.'

채린은 마스크를 쓴 얼굴로 킥킥거리면서도 잰걸음을 늦추지 않았다. 그리고 금세 반디 앤 루니아 본점에 입장했다.

'와, 사람 엄청 많아!'

서점 중앙에서 시작된 재건의 사인회는 성황리에 진행되고 있었다. 채린은 길게 이어진 줄 끝으로 가 재빨리 섰다.

'그나마 시작된 지 얼마 안 돼서 다행이지…….'

채린은 자기 앞으로 선 독자들의 머릿수를 하나하나 셌다.

약 50명 남짓.

눈앞이 캄캄했다. 적어도 30분은 걸릴 것 같았다. 그토록 오래 시간을 지체할 수는 없는 노릇이었다.

"으음?"

가만히 보니 자신이 선 왼쪽으로 또 하나의 줄이 형성되어 있었다.

대략 5~6명 정도로 몹시 짧은 줄이었다.

채린은 생각 끝에 앞에 선 남자에게 조심스레 물었다.

"저기요, 죄송한데 저 줄은 뭐예요?"

"아, 저건 스무 살의 여름 사인받을 사람들이 서는 줄이에요."

"네? 그럼 이 줄은 뭔데요?"

"여긴 필명 풍천유로 낸 장르 소설 사인받는 사람들이요. 스무 살의 여름이 우선순위라서 저쪽이 먼저고 그다음에 이쪽도 해줘요."

"아아, 네. 고맙습니다."

채린이 고개를 까닥여 인사하고는 쾌재를 부르며 짧은 줄로 옮겨갔다.

남자는 선글라스와 마스크를 썼어도 어딘지 낯익은 그녀의 뒷모습을 바라보며 고개를 갸우뚱거리고 있었다.

"응, 오빠? 아니야, 이제 3분이면 돼. 알았어, 재촉하지 마. 정말로 3분 내로 갈 거야."

매니저의 전화를 끊고 난 채린은 초조하게 발을 동동 구르며 기다렸다. 다행스럽게도 그리 오래 걸리지 않아 그녀의 차례가 다가왔다.

"어서 오세요."

"사인해 주세요."

채린이 마스크 속에서 히죽 웃으며 '스무 살의 여름'을 건넸다. 책을 받아 든 재건은 그녀의 얼굴을 바라보고는 부드러운 미소로 말을 건넸다.

"감기 걸리셨나 봐요?"

"아, 아니요. 그냥 미세먼지가 쫌 많아서?"

"하하, 네. 성함이 어떻게 되세요?"

잠깐 생각한 끝에 채린은 아주 작은 목소리로 본명을 말했다.

"이채린이요."

재건은 별다른 반응을 보이지 않고 책을 펼쳐 사인을 했다. 계속되는 사인 때문에 마음이 몹시 분주한 상태였다. 설마 애플티의 리더 채린일 거라고는 생각도 못 하고 있었다.

'작가치고 되게 샤프하게 생겼네.'

선글라스 뒤에 숨은 채린의 두 눈은 진지하게 사인을 하고 있는 재건의 얼굴을 살피고 있었다. 실물이 사진보다 낫다던 남자 친구 도준의 말대로였다.

검고 가느다란 머릿결, 갸름한 턱 선과 곧은 콧날, 진중하게 빛나는 두 눈과 한일자로 꾹 다문 입술을 차례차례 뜯어보는 사이 사인은 금세 끝이 났다.

"여기요. 와주셔서 정말 고맙습니다."

"작가님도 고생하세요. 항상 잼나게 읽고 있어요."

"네, 안녕히 가세요."

채린은 사인이 새겨진 책을 들고 좋아하며 밴으로 돌아왔다. 차에 오르는 그녀를 보고 또 전화를 걸려던 매니저가 핸드폰을 내려놓고 있었다.

"이제 끝난 거야?"

"어, 오빠. 출발해도 돼."

시동이 걸린 밴이 주차장을 미끄러지듯 나아갔다.

채린은 선글라스와 마스크를 벗고 도준에게 전화를 걸었다.

–뭐야?

"정 없다, 진짜. 받자마자 대뜸 뭐야가 뭐야?"

–화보 찍는 날인 거 알면서 그러냐. 넌 어딘데?

"방송국 돌아가고 있어. 오빠, 나 지금 방금 하재건 사인 받았다?"

–하재건? 그게 누군데?

"장난해? 질풍노도!"

–아아…… 그거 쓴 작가? 그래서 뭐?

"뭐긴, 자랑하려고 전화했지. 마스크 쓰니까 아무도 나 못 알아보더라. 본명으로 받았어."

–그래, 만날 남들 사인만 해주다가 이번엔 받아보니 신선한 느낌도 들겠지.

"이거 스무 살의 여름 거의 다 읽었거든? 이따 밤에 만나면 줄 테니까 오빠도 꼭 읽어봐. 완전 재밌어."

—질풍노도인지 뭔지도 아직 다 못 읽었는데.

"빨리 좀 읽어. 난 오빠가 책 많이 읽었으면 좋겠어. 그래야 자꾸자꾸 대화할 거리가 생기지. 글구 좋은 책 많이 읽으면 오빠 연기에도 도움이 되지 않겠어?"

—알았다고. 이제 할 말 다 한 거야? 나가봐야 돼.

도준이 퉁명스럽게 대답했다.

채린은 두 뺨을 부풀리고는 창밖을 향해 두 눈을 이리저리 굴린 끝에 말했다.

"그리고 오빠 말대로 괜찮게 생겼더라? 내 타입이던데?"

—응, 그래. 가서 사귀자고 꼭 말해봐? 끊는다.

"오빠? 오빠!"

자극은 전혀 먹히지 않고 전화가 끊겼다. 채린은 입을 뾰족하니 내밀고는 핸드폰을 뒷좌석에 내던졌다. 운전하던 매니저가 킥킥거리고 있었다.

"뭐가 웃겨?"

"미안. 그건 그렇고 오늘 도준이 만나?"

"안 보고 싶어져서 어떻게 될지 모르는데?"

"약속 잡히면 나한테라도 미리미리 말해줘. 짬난다고 이렇게 급작스럽게 만나지 말고. 나 대표님한테 진짜 혼나서 그래."

"알았어, 알았어."

채린은 내던졌던 핸드폰을 다시 집어 들었다. 생각해 보니 해야 할 일이 남아 있었다. 그녀는 재건이 사인을 해준 페이지를 펼쳐 들고 자신의 얼굴과 함께 카메라로 찍었다.

이른바 '인증 샷'이었다.

BIG LIFE

"재건아, 예전보다 사인회 진행이 깔끔하다."

"워낙 철두철미하게 준비해 주셔서 정리가 잘된 것 같다."

휴식 시간을 틈타서 재건은 정진과 대화를 주고받았다.

오늘의 사인회도 예전과 비슷한 양상을 띠고 있었다. 7할 이상이 풍천유의 장르 소설에 사인을 받으려는 독자들이었다.

"너 2차전 제대로 준비해야겠다."

길게 이어진 줄을 보며 정진이 하는 말이었다.

재건은 미간을 좁히고 웃으며 테이블 아래서 두 손을 번갈아 주물렀다. 최대한 힘을 빼고 사인을 하고 있는데도 벌써부터 무리가 오고 있었다.

"어? 이거 뭐야?"

핸드폰을 들여다보던 정진의 안색이 급변했다.

"뭔데 그래?"

정진이 재건에게 핸드폰 화면을 들이대며 물었다.

"왔다 갔나 본데? 사인해 줬냐?"

"으음……?"

정진이 화면에 띄운 것은 애플티 채린의 사진이었다.

올라온 시간은 약 10분 전.

재건의 사인이 새겨진 '스무 살의 여름'을 얼굴 옆으로 들고 활짝 웃고 있었다.

—ㅋㅋㅋㅋㅋㅋㅋㅋ 이제 막 받은 하재건 작가님 사인 인증 샷! 선글라스와 마스크로 무장하고 완벽하게 미션 수행! 스무 살의 여름 진짜 너무 잼나!!ㅠㅠㅠㅠㅠㅠㅠ

사진 밑에 적힌 몇 줄의 글귀를 보며 재건은 입술을 동그랗게 말았다. 불과 10분 전의 일이니 기억하고 있었다.

설마 그녀가 애플티의 그 채린이었다니.

채린이 올린 사진 밑에는 벌써 1,000개가 넘어가는 팬의 댓글이 줄줄이 달리는 중이었다. 그녀의 인기가 얼마나 대단한 것인지 실감할 수 있는 부분이었다.

"와아. 야, 너 진짜 몰랐냐? 어?"

"얼굴을 다 가리고 있어서 못 알아봤지. 그리고 채린이라는 이름이 희귀한 것도 아니고…… 정신도 없었고.”

정진은 흥분을 감추지 못하고 거듭 말을 이었다.

“야, 이거 진짜 제대로 뜨는 거 아니냐? 전에는 채린이 그냥 책 잘 읽는 이미지로 관심 끌려고 그럴 수도 있겠나 싶었는데, 직접 찾아올 정도면……! 와, 채린이 시간을 내서 네 사인을 받으려고 찾아왔다고?!”

“목소리 낮춰. 그냥 지나가는 길에 우연히 맞아서 들렀겠지.”

“너 진짜 독자 하나 제대로 잡은 거다. 이번엔 그냥 언급한 것도 아니고 무려 사인받은 거 인증 샷이라고. 파급효과 제대로지. 야, 최소한 한 명이라도 더 이거 보고 네 책을 살 거 아니냐!”

“그만 좀 해. 나가서 커피나 한 잔 마시고 오자.”

재건은 정진과 함께 카페에서 느긋하게 휴식을 취했다. 채린의 응원이 힘이 된 건지 손목의 통증도 한결 가시는 기분이었다.

재건은 커피를 마시면서 일이 바빠 오지 못한 수희와 소미를 비롯해 가족들의 메시지에 답장을 보냈다. 그러다 보니 짧은 휴식 시간은 금세 끝을 고했다.

“시간이 뭐 이렇게 빨리 흘러가지.”

“네가 피곤해서 그렇게 느끼는 거야. 좀만 더 힘내라.”

“그래야지. 내친김에 화장실도 한 번 더 쓰고 가야겠다.”

재건과 정진은 달콤한 휴식을 뒤로 하고 일어섰다.

사인회장에 돌아온 순간.

"……!"

"……!"

두 사람은 약속이나 한 것처럼 그 자리에 멈춰 섰다.

뒤이어 입을 반쯤 벌린 채 서로의 얼굴을 쳐다보았다.

"재건아, 이거 뭐냐……?"

사인을 받으려고 기다리는 독자들의 줄이 두 갈래로 길게 이어져 있었다. 풍천유의 장르 소설에 사인을 받으러 찾아온 오른쪽 줄은 애초에 길었으니 놀랄 일도 아니었다. 한데 하재건의 신작 미스터리 소설에 사인을 받으려는 왼쪽 줄도 터무니없이 길어진 것이다.

"야, 30명은 넘어가는 거 같은데?"

잠시 자리를 비운 사이에 거의 5~6배 수준으로 줄이 늘었다.

재건은 어리둥절한 표정으로 자신을 찾아온 독자들을 바라보았다. 대부분이 여자였다. 연령대도 20대부터 50대까지 다양했다. 공통점은 모두가 두 손에 '스무 살의 여름'을 한 권씩 꼭 쥐고 있다는 점이었다.

정진이 재건의 귀에 대고 속삭이듯 말했다.

"진짜 미스터리는 여자들이 좋아한다더니 그 말이 맞나 보다. 와, 저 아가씨는 딱 내 스타일인데."

"시끄러워."

재건은 고개를 살짝 숙이고 독자들을 지나쳐 자리로 향했다. 재건을 알아본 몇몇 독자는 벌써부터 입을 틀어막고 웃으며 좋아하고 있었다.

"어서 오세요. 오래 기다리시게 해서 죄송합니다."

재건이 의자를 끌어당기고 앉으며 말문을 열었다. 가장 앞에 서 있던 40대의 여자가 수줍게 웃으며 고개를 내저었다.

"아니에요, 이렇게 뵙게 돼서 너무 영광스러워요. 스무 살의 여름 참 재밌게 읽었어요, 선생님."

"고맙습니다. 성함이 어떻게 되시죠?"

"아, 네. 이미옥이요."

재건은 길게 선 독자들에게 성심성의껏 사인을 해주었다.

줄은 줄어들기는커녕 갈수록 길어지고 있었다. 사인을 한 번 할 때마다 두 명의 독자가 줄을 잇는 형편이었다.

"아씨, 너무 오래 걸릴 거 같은데."

풍천유의 작품에 사인을 받으러 온 줄의 독자들은 표정이 영 좋지 못했다. 미스터리 소설이 우선순위이기에 더 오랜 시간을 기다리게 된 까닭이다.

"야, 40명도 넘어. 저거 다 끝나야 우리 차례잖아."

"저거 끝나고나 받으면 다행이지. 지금 또 뒤에 3명 더 왔잖아. 안 되겠다. 그냥 갈까?"

"그래, 다음에 받자. 다음에."

풍천유 쪽 줄에서 독자들의 이탈이 시작되었다. 그에 반해 신작 미스터리 쪽 줄은 이탈도 전혀 없이 꾸준히 길어져 급기야 양쪽의 길이가 거의 비등해졌다.

"선생님, 스무 살의 여름 영화로 만들어지면 최고일 거 같아요."

"사진 한 번만 찍어주세요. 네? 선생님."

"선생님, 너무 마르셨어요. 제가 보약이라도 지어드리고 싶네요. 오호호."

재건은 환한 미소로 응대하며 쉼 없이 사인을 반복했다. 속으로는 여전히 놀라움을 금치 못하고 있었다. 이렇게 많은 독자가 찾아올 줄은 몰랐다. 끽해야 '질풍노도' 때와 비슷한 수준일 거라고 생각했는데 완벽한 착각이었다.

거기에 대한 해답은 사인을 받으러 찾아온 독자들의 말에서 얼마간 유추해 볼 수 있었다.

"멍청한 여자도 정말 감격스럽게 읽었어요, 선생님."

"질풍노도 같은 작품을 쓰신 선생님께서 미스터리로 신작을 내신다고 한 걸 처음 들었을 땐 걱정 반 기대 반이었어요. 근데 걱정은 완전 기우였어요. 너무 좋았어요, 선생님."

재건의 전작들을 읽고 온 독자가 상당수였다.

은근슬쩍 '스무 살의 여름'과 함께 전작들을 내미는 독자들도 있었다. 그때마다 재건은 눈치가 보였지만 어쩔 수 없이 추가로 사인을 해주곤 했다.

시간이 흘러 사인회 종료 5분 전.

명석이 찾아와 재건에게 간곡한 표정으로 부탁했다.

"선생님, 예정보다 1시간만 더 가능하실까요? 제 생각보다도 너무 많은 분이 오셔서요."

"네, 알겠습니다."

"정말 죄송합니다. 제가 적당한 선에서 줄을 끊을 테니 조금만 더 수고해 주세요."

"아무렇지도 않습니다. 제 걱정은 안 하셔도 됩니다."

재건이 진심을 담아 대답했다.

작품을 읽어주고 찾아와 준 독자들의 노고에 비하면 손목의 통증 따위는 아무것도 아니었다.

취재기자의 카메라가 연거푸 플래시를 터뜨리는 가운데, 재건은 열심히 사인을 해나갔다.

BIG LIFE

"집까지 데려다주시고 정말 감사합니다."

"아닙니다. 당연히 이 정도는 제가 해드려야죠."

명석이 백미러를 통해 재건과 시선을 맞추며 대답했다. 차에 오른 순간부터 지금까지 그의 입가에는 내내 미소가 걸려 있었다.

"호응이 굉장합니다. 독자들 사이에서 선생님의 인지도가 부쩍 높아졌다는 걸 제대로 실감했습니다."

"무척 기쁩니다."

"느낌이 어떠셨어요? 장르 쪽과 문단 쪽 독자들이 확실히 호칭부터 성향이 다르죠?"

"으음, 저는 아직 잘 모르겠습니다."

"앞으로 점점 더 많이 느끼게 되실 겁니다. 물론 어느 쪽이든 소중한 독자들이지만요."

재건의 원룸이 가까워 올 무렵, 명석의 핸드폰이 진동했다. 명석은 귀에 이어폰을 꽂으며 즉시 전화를 받았다.

"네, 아. 그래요? 초판이? 아하하, 고마워요. 알았어요, 내가 다시 연락할게요. 지금 운전하는 중이라서. 네."

전화를 끊은 명석이 만면에 미소를 짓고 재건에게 말했다.

"축하드립니다, 선생님."

"네? 갑자기 무슨……?"

"스무 살의 여름 초판으로 찍은 5만 부 전부 소진됐답니다."

재건은 순간 얼떨떨한 표정으로 할 말을 잃었다.

출간한 지 얼마 지나지도 않았는데 초판 5만 부가 전부 팔리다니. 명석과 같은 사람이 이런 농담을 할 리가 없다. 그러니까 당연히 사실일 텐데 도무지 믿어지지가 않았다.

"벌써요?"

차를 집 앞에 세울 때가 되어서야 재건은 가까스로 입을 열고 물었다. 명석은 안전벨트를 풀며 놀란 재건의 반응이 재미있다는 듯이 웃었다.

"네, 선생님. 벌써요. 저도 놀랍습니다. 이 추세라면 한 달 안에 10만 부, 아니, 15만 부 이상은 거뜬히 나갈 것 같습니다."

얼이 빠진 재건은 내릴 생각도 못 하고 있었다. 먼저 내린 명석이 문을 열어주고 나서야 그는 정신을 차리고 차에서 내려섰다.

명석이 말을 이었다.

"제가 장담 하나 하겠습니다. 다음 주가 지나기 전에 스무 살의 여름, 반디 앤 루니아 베스트셀러 10위권 안에 진입할 겁니다. 일단 베스트셀러 들어가고 나면 날개 돋친 듯이 더 팔려 나갈 겁니다. 반드시 그렇게 되도록 제가 만들 겁니다."

"정말 고맙습니다."

"제가 감사드립니다. 선생님 덕분에 미스터리움이 정말 대차게 출발할 수 있었습니다."

명석이 허리를 90도로 숙이며 재건에게 감사했다.

재건도 그에 맞춰 똑같이 허리를 깊이 숙여 답했다.

'스무 살의 여름'이 완성되기까지 수많은 사람의 힘을 필요로 했다. 여기엔 당연히 명석도 포함되어 있었다.

글을 알아봐 주고, 기회를 주고, 더욱 정교한 글이 되도록 날카로운 감상을 아끼지 않은 사람이다. 이제 재건은 명석이라는 편집자를 만나게 된 자신의 운명을 축복으로 여기고 있을 정도였다.

드르륵!

그때 핸드폰이 울리며 태원으로부터 전화가 걸려왔다.

명석이 씩 웃으며 눈치 빠르게 뒤로 물러섰다.

"그럼 저는 이만 돌아가 보겠습니다. 푹 쉬세요, 선생님."

"네, 편집장님도 조심히 돌아가세요."

명석이 차에 올라 시동을 걸었다. 재건은 멀어져 가는 편집자의 차를 바라보며 또 다른 편집자의 전화를 받았다.

"네, 대표님."

–사인회 끝나셨죠? 인터넷 보니까 오늘 엄청났던 거 같은데요? 애플티 채린도 와서 사인받았다면서요?

태원의 목소리에서 웃음이 듬뿍 묻어났다.

재건도 덩달아 웃으며 대답했다.

"그러게요. 마스크 쓰고 있어서 몰랐는데 나중에 인증 사진 올린 거 보니 그 채린이더라고요."

–이야, 걸그룹 멤버까지 찾아보는 우리 하 작가님, 정말 대단하시다.

"그만하세요. 민망해요."

–아, 하 작가님. 더 브레스는 다음 달에도 1억 이상은 충분히 나올 것 같아요. 여전히 독자 이탈도 없고. 이러다 하 작가님 완전 부자 되시겠어요.

"잘돼서 다행이에요. 본가 이사하느라 이번 달은 몹시 곤궁하거든요."

–하하하. 아, 그리고 이건 만나 뵙고 말씀을 드려야 하는 건데, 요즘 여기저기서 하 작가님 찾는 연락이 많이 와요. 강연이랑 원고 청탁이요.

"아아, 네……."

재건이 고개를 주억거리며 계단을 올랐다. 래프북스를 통해서 '더 브레스'가 아직도 연재되고 있으니 태원에게 문의가 가는 것도 자연스러운 일이리라.

–제가 오늘 받은 문의만 6~7건이 넘어요. 아마 스타북스나 해태미디어 쪽에도 연락 꽤 많이 들어가고 있을 거예요.

"듣고 보니 그러네요. 저한테도 직접 연락이 꽤 와요. 교수님들 통해서도 오고요. 근데 힘들어서 다 거절했어요."

–어떻게 할까요? 일단은 다 하 작가님 의향을 여쭤보고 답변해 주겠다고 해뒀거든요.

"대표님 생각은 어떠세요?"

—으음, 솔직히 다 하실 필요는 없다고 봐요. 다만 경력에 보탬이 될 만한 큰 강연이라거나 원고라면 조금씩이라도 응하시는 게 좋을 것 같아요. 제가 잘 선별해 볼게요.

"죄송해서 어떻게 그래요."

—죄송하실 게 뭐가 있어요? 제가 하 작가님 매니지먼트 대표예요. 이런 일들은 당연히 해야 하는 저희 쪽 업무죠. 그리고 래프북스 직원도 한 명 늘었다고요.

"아하하…… 네."

—아예 트위터랑 블로그에도 래프북스 전화번호랑 메일 주소를 올리세요. 귀찮은 건 다 저에게 넘기시고 하 작가님은 집필에만 전념하세요.

"항상 이렇게 신경 써주셔서 정말 고맙습니다."

—아니에요, 그럼 다시 연락드릴게요.

"네, 대표님. 아, 대표님! 잠깐만요!"

재건이 다급한 목소리로 끊어지려는 통화를 이었다.

"사무실 작가님들은 다들 잘하시고 계세요? 최근 바빠서 동향을 전혀 못 보고 있었거든요."

—강민호 작가님은 마왕재림 입소문 탔어요. 편당 구매수 꾸준히 2,500은 찍고 있고요. 장은영 작가님은 질펀한 룸메이트 레존코믹스에서 연재 시작하셨어요. 반응은 좋은 편이

에요.

"다행이네요."

–근데…… 양현경 작가님이 좀 문제예요.

한숨과 함께 태원의 목소리가 낮게 내리깔렸다.

–지금 2주째 연재를 펑크 냈어요.

"연재를 2주나 펑크 냈다고요?"

원룸으로 들어선 재건이 신발을 벗다 말고 놀라서 되물었다.

유료 연재는 특성상 하루라도 연재를 임의로 중단하면 타격이 크다. 즉시 고정 독자들의 이탈로 연결되는 것이다.

오죽하면 '연재를 쉬느니 엉망진창으로 쓴 질 떨어지는 글이라도 올리는 게 낫다'는 말까지 있을 정도다.

–뭔가 힘든 일이 있으신 거 같은데 물어봐도 도통 대답이 없고요. 차라리 한동안 휴재하시는 게 어떻겠냐고 해도 또 그건 싫대요. 내일은 꼭 보내겠다, 내일은 반드시 보내겠다 하면서 미뤄진 게 벌써 2주째예요.

"슬럼프신가……."

–하 작가님이 심려하실 부분은 아니고요. 뭐 그러다가 또 좋아지겠죠.

"네, 말씀 감사합니다. 그럼 대표님, 쉬세요."

–네, 하 작가님도요.

전화를 끊고 난 재건의 시선이 벽시계로 향했다.

아직 사무실 작가들이 저녁을 먹기엔 이른 시각이었다.

재건은 잠깐 생각한 끝에 핸드폰을 다시 눈앞으로 들었다.

BIG LIFE

"후우……."

현경의 이야기를 다 듣고 난 재건은 한숨부터 내쉴 수밖에 없었다.

부천 오피스텔의 작가 사무실이었다. 재건, 민호, 은영, 그리고 현재 대화의 중심인 현경까지 네 사람이 식탁에 둘러앉아 있었다. 식탁 위에는 저녁으로 먹을 피자가 놓여 있었지만 아직 누구 하나 손을 대지 않았다.

"그래서 주식 때문에 펑크가 났다는 말씀이신 거죠?"

"네, 자꾸 가격이 떨어지니까 신경이 쓰이고…… 생각을 안 하려고 해도 좀……."

현경은 고개도 제대로 들지 못하고 어물어물 대답했다.

선인세로 받은 돈을 전부 투자한 종목이 −45%까지 곤두박질친 상태였다. 상장폐지가 멀지 않았다는 흉흉한 소문까지 들려오는 판국이었다.

게다가 더 심각한 문제는 따로 있었다. 평균 매입 단가를 낮춰보려고 소위 말하는 '물 타기'를 하고 말았던 것이다.

여기에 추가로 사용된 100만 원은 형편이 좋지 못한 부모님께 사정사정해서 빌렸다. 이 사실만은 현경도 너무 부끄러워서 아직 숨기고 있는 상태였다.

"너 이 자식아, 선인세 그거 얼마나 된다고……! 정신 나간 거 아니야? 글이나 열심히 쓰지 도대체 왜 주식을 했어!"

민호가 평소보다 언성을 높여 나무랐다. 동석한 재건을 의식한 까닭이었다. 그는 재건이 어떻게 반응할지 내심 두려워하고 있었다.

현경의 소극적인 변명이 이어졌다.

"정말 대박 종목이라고 소개시켜 줘서요……. 그리고 요즘 제 글 성적이 그렇게 좋은 편도 아니고……."

재건은 속으로 코웃음을 쳤다. 자신의 데뷔작보다 3배는 더 돈을 벌고 있는데 우는 소리를 하니 전혀 귀에 들려오지 않았다.

"그리고 돈 쓸 곳은 늘어나고, 핑계인 건 알지만 마음도 울적했고 그래서……."

"알겠습니다."

재건이 불시에 고개를 끄덕이며 현경의 말을 잘랐다. 하는 일도 없는 사람이 늘어놓는 푸념을 잠자코 들어줄 만한 마음의 여유는 없었다.

"정말 죄송합니다, 하 작가님."

"아니요, 저한테 왜 사과를 하십니까. 독자님들이랑 대표님에게 사과를 하신다면 몰라도요."

재건의 말투가 얼음처럼 차가웠다. 여전히 고개를 떨어뜨리고 있는 현경 앞에서 그는 과장된 미소를 곁들여 카랑카랑하게 말을 계속했다.

"주식을 하시든 안 하시든 그건 관계없습니다. 그건 개인의 자유죠. 그런데 주식 때문에 써야 할 글을 못 쓰시면 이건 문제가 됩니다. 혼자 습작하시는 것도 아니고 래프북스와 계약하신 상태잖아요."

"네……."

재건이 손가락으로 바닥을 가리켜 보였다.

"이곳은 작가 사무실입니다. 래프북스 소속 작가들이 계약된 글을 쓰는 장소요. 저는 여기서 양 작가님이 가내 금융업을 하셔도 된다고 말씀드린 적 없습니다."

현경의 얼굴이 즉시 창백해졌다. 민호와 은영은 서슬 시퍼런 재건의 눈빛을 보고 감히 말을 붙이지 못하고 있었다. 이토록 냉랭해진 재건을 보는 건 처음이었다.

"내일 오전 9시까지 3회 분량 원고 주세요."

"네……?"

"만약 안 되신다면, 정말 죄송한 일이지만 사무실에서 나가주셔야겠습니다."

“……?!”

현경이 두 눈을 찢어져라 부릅떴다. 그와 반대로 민호는 두 눈을 내리감았다. 어쩐지 이런 식으로 이야기가 진행될 것 같은 불길한 예감을 내내 품고 있었던 참이다.

“이곳에 오기 전에 대표님과 통화했습니다. 계속 미루다가 벌써 2주째 펑크인 거죠? 성의를 보여주세요. 저도 오늘은 온 김에 사무실에서 밤샘 작업하겠습니다.”

말을 마친 재건이 일어나서 겉옷을 벗었다. 현경은 혹한에 알몸으로 내던져진 사람처럼 부들부들 떨었다. 친숙하게 느껴왔던 재건이란 존재가 더없이 두려워지고 말았다. 터질 것처럼 뛰는 심장은 늦춰질 기미가 없었다.

‘쫓겨난다고……?!’

사무실에서 퇴출될 위기에 처하고 나니 자신의 과오가 한층 또렷해지는 현경이었다. 가진 현금도 거의 없는데 쫓겨나면 어디로 가야 한단 말인가.

“어떻게든 써, 인마.”

“그래, 현경아. 하 작가님 말씀 계기로 삼아서 잘해봐.”

재건이 듣지 않는 상황을 틈타서 민호와 은영이 번갈아 격려를 해주었다.

현경은 자신의 자리로 가 워드 프로그램을 작동시켰다. 그러나 키보드 위에 열 손가락을 올리기 전에 한숨부터 나왔다. 2주나 쉬었더니 세부적인 스토리를 몽땅 잊어버렸다. 눈앞이 캄캄하고 떠오르는 생각은 아무것도 없었다.

타다다닥! 타다닥!

타닥! 타다닥!

다른 작가의 키보드를 두들기는 소리가 끊임없이 들려와 현경을 괴롭혔다. 모두가 열심히 각자의 글을 쓰고 있었다. 현경은 도무지 나오지 않는 글줄을 초조하게 붙잡고 마음으로 썼다 지우기만을 반복할 뿐이었다.

'뜨거울 때 후다닥 써버려야 하는 건데…… 너무 식었어!'

BIG LIFE

다음 날 아침 9시가 되었을 때, 밤새 말없이 글만 쓰던 재건이 기다렸다는 듯 일어섰다. 현경은 자신의 자리에 우두커니 앉아 고개를 떨어뜨리고 있었다.

"얼마나 쓰셨어요?"

"그게…… 3,000자 정도요……"

"3회 분량을 쓰시라고 했는데 3,000자요? 1회의 절반 분량밖에 안 되지 않습니까."

현경이 걱정돼서 함께 밤을 샌 민호와 은영은 각자의 모니터에만 시선을 처박고 있었다. 속으로는 '정말 당장 쫓아내지는 않겠지'라는 생각을 하는 중이었다.

현경은 절박한 얼굴로 자리에서 일어섰다. 그러고는 재건에게 쭈뼛거리며 다가가 어렵사리 입을 열었다.

"정말 하루만 더 주시면 내일까지는 꼭 3회 분량을……."

"현관문 저쪽이요."

"……네?"

재건이 커피를 한 모금 마시고는 태연하게 현관을 가리켜 보였다.

"그간 고생 많으셨습니다. 안녕히 가세요."

짤막하게 말을 마친 재건은 현경을 외면하고 모니터로 시선을 돌렸다. 판타지 습작을 쓰는 그의 열 손가락은 벌써 키보드 위에서 분주히 움직이고 있었다. 이미 현경의 일은 안중에도 없다는 모습이었다.

등 뒤의 민호가 눈치를 보며 조심스레 말을 붙였다.

"저기, 하 작가님. 아직 날도 춥고 현경이가 집에 들어갈 사정도 안 되는……."

"죄송한데 작업하는 중입니다. 이미 끝난 얘기 더 하고 싶지도 않고요."

재건은 싸늘한 대꾸로 민호의 말을 잘랐다.

솔직히 1회 분량이라도 완성했으면 한 번은 넘어가 줄 생각이었다. 그런데 밤새도록 고작 3,000자라니. 정신이 완전히 딴 데로 가 있다고밖에 결론을 내릴 수가 없었다.

"정말 감사했습니다."

애초에 짐이 얼마 없었던 현경은 금방 떠날 채비를 갖췄다. 민호와 은영이 눈치를 보며 슬그머니 배웅을 나섰다. 재건은 끝끝내 현경에게 시선 한 번 주지 않았다.

BIG LIFE

뿌린 대로 거둔다.

사무실의 작가들에게도 의미가 다르지 않은 말이었다.

성실한 자세를 잃지 않는 민호와 은영의 사정은 점차 윤택해졌다. 이따금 글이 풀리지 않으면 함께 영화를 보러 다니기도 했고, 새 컴퓨터를 구입할 생각도 할 만큼 생활이 여유로워졌다.

"어머, 민호 형. 하 작가님 또 기사 떴다. 베스트셀러래!"

"진짜? 와, 이거 반디 앤 루니아 베스트잖아! 이거 들어가면 판매량 폭발한다던데!"

단연 가장 큰 수확을 일궈낸 작가는 재건이었다.

명석은 약속을 지켰다. 그가 호언장담을 했던 날짜로부터 불과 6일 만에 '스무 살의 여름'이 반디 앤 루니아 베스트셀러 9위에 등재된 것이다.

명석은 웅성출판그룹의 힘을 적극 활용해 공격적이고도 다채로운 마케팅을 연달아 퍼부었다.

그는 아직도 목말랐다. 고작 이 정도 호응으로 만족할 생각은 처음부터 없었다. 그가 판단한 작가 하재건의 기량은 아직 출발조차 하지 않는 상태였다.

[괴물 신인 하재건, 알고 보니 중고 신인이었다?]

['스무 살의 여름'에 쏟아지는 독자들의 찬사가 예사롭지 않다. 가뭄 일색이었던 한국 미스터리 소설 시장에 내리는 한줄기의 봄비로…….]

['스무 살의 여름' 반디 앤 루니아 베스트셀러 9위 랭크. 신인 작가로서는 매우 이례적인 일이며…….]

각종 인터넷 뉴스, SNS, 라디오에서는 하재건 작가의 선전을 앞다투어 내보냈다.

소진된 초판에 이어 증쇄한 부수도 빛과 같은 속도로 동이 났다. 품절이라서 사지 못했다는 네티즌들의 불만이 인터넷 곳곳에서 넘쳐 나고 있었다.

3쇄…… 4쇄…… 5쇄…… 6쇄…….

'스무 살의 여름'은 쉴 틈 없이 증쇄를 반복했다. 판매량의 상승 곡선은 가파르게 이어졌다. 책을 찍어내는 속도보다 팔리는 속도가 더 빠르다는 농담조의 인터넷 뉴스마저 등장하고 있을 지경이었다.

BIG LIFE

꽃샘추위마저 꺾인 이른 봄날.

재건은 오늘도 변함없이 자신의 원룸에서 글을 쓰고 있었다.

글을 쓰지 않고 쉬고만 있는 게 더 힘들었다. 무엇이라도 쓰지 않고는 좀이 쑤셔서 버틸 수가 없었다.

"야옹."

창틀에서 바깥을 바라보던 리카가 재건의 노트북 옆으로 뛰어내렸다. 리카는 키보드를 두드리는 재건의 손등을 앞발로 툭툭 건드렸다. 재건이 아무런 반응이 없자 까칠까칠한 혀로 뺨을 핥아댔다.

"하지 마. 왜 그래 또."

"야옹, 야옹……."

"밖에 나가자는 거야? 넌 무슨 고양이가 그렇게 강아지처럼 외출하는 걸 좋아하냐?"

재건은 글쓰기를 멈추고 리카를 쓰다듬으며 물었다.

문득 한동안 방문하지 못한 대선배의 무덤이 떠올랐다. 이 지역을 떠나고 싶지 않은 가장 큰 이유였다.

"그래, 선배님 뵌 지 좀 됐다. 정리 좀 하고 오자."

재건은 제초 가위를 비롯한 도구들을 챙겨 들고 신발을 신었다. 현관을 나서는 와중에 명석으로부터 전화가 걸려왔다.

"네, 편집장님."

–안녕하세요, 선생님. 점심은 드셨어요?

"잠깐 일 좀 보고 나서 먹으려고요."

–하하하, 네. 그러시군요.

명석은 웃을 일도 아닌데 통화 시작부터 웃음을 터뜨렸다.

이제껏 그를 경험한 재건은 또 뭔가 좋은 일이 생겼음을 내심 직감하고 있었다.

–선생님, 좋은 소식이 있습니다.

"제 예지력이 상승했네요."

–네? 예지력이요?

"어쩐지 편집장님 목소리가 밝으셔서요. 좋은 일로 전화를 주셨구나, 그런 생각을 했어요."

–아하하, 네. 맞습니다. 정말 좋은 일입니다. 놀라지 마세요. 선생님, 한 달 만에 스무 살의 여름이 20만 부 나갔습니다.

"네에? 20만 부요?"

재건이 계단을 내려가다 말고 멈춰 섰다. 연달아 증쇄하고 있다는 사실은 명석으로부터 들어 알고 있었다. 하지만 내심 예상하고 있던 판매량은 10만 부였다. 웅성출판그룹의 힘이 얼마나 대단한지 인지하지 못한 까닭이었다.

ㅡ네, 20만 부요. 첫 달에 20만 부면 100만 부도 충분히 기대해 볼 수 있습니다. 선생님 글이 워낙 출중한 덕분입니다. 축하 겸 감사의 말씀을 드리고 싶었습니다.

"아닙니다…… 이건…… 이건……."

재건은 봄날처럼 설레고도 기쁜 마음에 말을 쉽사리 잇지 못하고 있었다.

"이건 편집장님의 전폭적인 지원에 힘입은 덕분입니다. 제가 감사드려야 합니다."

ㅡ앞으로 더욱 놀라실 일이 많을 겁니다. 괜히 선생님 심란하실까 봐 미리 설레발을 치지는 않겠습니다. 힌트만 드리자면 2차 창작을 위한 판권 판매입니다.

"아아…… 네."

재건이 바로 알아듣고 소리 없이 웃었다.

지금까지 써낸 소설 중 2차 창작이 된 것은 웹툰으로 만들어진 '현대지존록' 하나뿐이다.

'스무 살의 여름'은 어떤 형태로 재창조될까.

드라마나 영화로 만들어져서 가족과 함께 볼 수도 있게 될까.

ㅡ그럼 다시 연락을 드리겠습니다. 점심 맛있게 드세요, 선생님.

"네, 편집장님도 맛있게 드세요."

재건은 얼마간 더 대화를 나눈 끝에 핸드폰을 거둬들였다.

어느새 눈앞에는 서건우의 무덤이 자리하고 있었다. 주기적으로 손질을 했기에 무덤은 오늘도 말끔한 편이었다.

"봄이 왔어요, 선배님. 따뜻하시죠?"

재건은 리카를 바닥에 내려놓으며 위대한 대선배에게 인사를 건넸다. 따사로운 햇살이 그들의 머리 위로 쏟아지고 있었다.

'흐음…….'

청담동에 위치한 모 카페.

도준은 만나기로 한 영화감독을 기다리며 독서에 열중하고 있었다. 1시간이 넘는 동안 커피 한 모금 마셨을 때를 제외하곤 책에서 눈을 뗀 적이 없었다.

'하, 진짜 이 새끼가 범인이었다고? 이게 사람 새끼야, 짐승이야? 상상도 못 했는데 미친……!'

거듭되는 반전 속에서 도준은 혀를 내두르며 정신없이 페이지를 넘겼다. 평생 책과 담을 쌓고 살아온 그가 지금 소설에 흠뻑 빠져든 상태였다. 어찌나 몰입했는지 작중의 악인을 향한 분노로 얼굴이 달아오를 정도였다.

책의 제목은 '스무 살의 여름'이었다. '질풍노도'를 전부 읽자마자 채린에게 받아서 읽기 시작한 터였다. 촬영 중에 다쳐서 밴드를 두른 도준의 손가락은 어느덧 마지막 페이지를 펼치고 있었다.

'뭐야, 벌써 끝났어?'

도준은 망연자실해져 움직일 줄을 몰랐다.

머리와 가슴에 남은 후유증 때문에 타는 목을 커피로 달랠 수조차 없었다. 멍한 두 눈은 카페 한구석의 화분을 의미도 없이 좇고 있었다.

'글 한번 기가 막히게 쓰네……!'

도준은 방송국에서 봤던 재건의 얼굴을 떠올렸다. 더불어 인정할 수밖에 없었다.

채린을 만나기 전까지 책이라면 질색했던 자신을 마지막 장까지 읽게 만들다니.

자의식이 강한 그로서는 재건이라는 작가가 경이롭게 느껴지기까지 했다.

드르륵!

핸드폰이 흔들리며 채린으로부터 전화가 걸려왔다.

한참 만에 진동을 의식한 도준은 비로소 정신을 차리고 전화를 받았다.

"어."

–왜 이렇게 늦게 받아? 감독님 만났어?

"아직."

–카페 마노 맞지? 거기 할 것도 없잖아. 심심할 텐데 뭐 하고 있었어?

"그냥, 네가 준 책 다 읽었다."

도준이 손가락 끝으로 책 표지를 매만지며 대답했다.

채린의 목소리가 단숨에 환해졌다.

–스무 살의 여름? 끝까지 다 읽은 거야? 짱짱 재밌지?

"뭐, 그냥…… 그럭저럭 시간 때울 만한 가치는 되던데."

–웃기네. 완전 재밌게 봤을 거면서 만날 말을 그렇게 하더라. 오빠는 그 남자가 범인이라는 거 언제부터 알았어? 난 끝까지 몰랐는데.

"난 걔 첫 등장했을 때부터 예상하고 있었어."

–진짜로?

"뭐, 반전도 단순해서 바로 알아보겠던데?"

자신도 놀랐던 주제에 애인 앞이라고 짐짓 허세를 부리는 도준이었다.

바로 그때, 카페 출입문이 열리며 배가 불룩한 40대의 한 남자가 들어왔다. 기다리고 있던 영화감독이었다.

도준은 꼬았던 다리를 풀며 핸드폰에 대고 말했다.

"나중에 통화하자. 감독님 오셨다."

–알았어, 얘기 잘해.

전화를 끊은 도준이 껑충한 키로 일어섰다. 감독은 한 손으로 앉으라는 손짓을 하면서 다른 손으로 맞은편 의자를 뺐다.

"미안하다, 도준아. 프로덕션 팀하고 얘기가 길어져서."

"괜찮아요. 책 읽으면서 기다렸어요."

"책?"

감독이 반문과 동시에 헛웃음을 터뜨렸다.

데뷔 당시부터 도준과 알고 지냈다. 그가 책을 그다지 좋아하지 않는다는 점도 당연히 알았다.

"이거냐?"

감독이 테이블 위에 놓인 '스무 살의 여름'을 손에 들었다. 펼치지는 않고 앞뒤로 표지만 살피는 그에게 도준이 설명했다.

"미스터리인데 글을 제법 쓰네요, 작가가."

"흠, 그래?"

감독은 별다른 흥미를 보이지 않고 하품 섞인 대답을 했다. 이 작품이 좋다느니, 영화화하면 대박이 날 것 같다느니 평소 귀에 못이 박히도록 듣는 얘기들이다.

"책 못 읽은 지 한참 됐네. 시나리오 확인하기만도 24시간이 모자라는 거 같아."

"하하하."

"출판사랑 제작사 여기저기서 들어오는 것만으로 큰방 하나가 가득 찼어. 너, 독서에 취미 붙은 거냐? 트럭 끌고 우리 집 와서 싹 실어가라.”

“나중에요.”

감독이 커피를 주문했다.

개인적인 친분으로 소소한 대화가 오간 끝에 감독 쪽에서 먼저 본론으로 돌입했다.

“얘기는 들었다. 드라마 찍기 싫다면서?”

“네.”

도준의 차기작에 관한 이야기였다.

드라마의 제목은 ‘달콤한 그녀의 방’이었다. 오명훈 작가의 원작 소설 제목을 그대로 따왔다. 현재 3화 분량까지 시나리오가 만들어져 있었다.

“왜 싫은데?”

도준이 감독의 눈치를 슬쩍 보고는 한숨을 내쉬었다.

“솔직히 말씀드리자면 재미가 없어요. 남자 캐릭터의 성격이 마음에 와 닿지도 않고. 인간미가 안 느껴진다고 해야 되나.”

“작가가 오명훈이라고 했나, 그 작가가 직접 쓴다던데.”

“시나리오를요?”

“작가 대준다는 걸 극구 거부하고 어떻게든 자기가 쓰겠다고 똥고집을 부리더라고. 이게 소설이랑 시나리오는 궤 자체가 다른 건데 말야.”

감독이 불룩 나온 배를 어루만지며 말을 이었다.

"결과는 바로 나타나지. 아직도 방송3사 어디도 편성 못 받고 전전긍긍하고 있잖아. 월화수목 10시는 방송국이 사양하고, 아침드라마로 밀자니 적당한 배우가 없고. 이러니 누굴 섭외하겠어? 어?"

감독이 수염 그득한 입가에 미소를 지으며 도준에게 턱짓을 해 보였다.

"널 섭외하면 골든타임도 뚫을 수 있겠지. 투자자들도 기꺼이 돈을 풀 거고. 천하의 박도준이 주연배우로 나온다는데 시나리오 좀 허술한 게 문제가 되겠냐?"

도준이 쓴웃음을 짓다 말고 두 눈을 날카롭게 빛냈다.

조금 떨어진 곳의 테이블에 앉아 있던 두 여자가 몰래 도준을 촬영하던 핸드폰을 황급히 내리고 있었다.

도준이 여자들을 쳐다보며 단호하게 말했다.

"몰래 사진 찍지 마세요."

"죄송합니다……."

여자들이 고개를 꾸벅 숙였다.

예전의 도준이라면 이것으로 끝이었을 터다. 하지만 채린과 사귀고 있는 지금의 그는 여자들에게 손짓을 보내고 있었다.

"이리 오셔서 저랑 같이 찍으시라고요."

"저, 정말요?"

두 여자가 반색을 하고 즉시 다가왔다. 도준은 부드러운 미소로 함께 사진을 찍어준 다음 그녀들을 본래의 자리로 보냈다.

"성격 많이 유해졌다. 잔소리꾼 애인이 생겨서 그런가."

"그런 거 아니에요. 제 이미지 제가 관리해야죠."

"아무튼, 어디까지 얘기했더라. 아, 그래. 도준이, 너. 다음 작품 뭐 할 생각이야? 계속 이렇게 쉴 거야? 영화 시나리오도 맘에 드는 거 하나도 없다면서?"

도준이 커피 잔을 매만지며 생각하고는 대답했다.

"죄다 액션 아니면 로맨스인데 당기는 게 없어요. 지루하고 흔하고……. 지금까지 해보지 못한 장르에 도전하고 싶어요."

"새로운 장르? 예를 들면?"

"이런 거죠."

도준이 테이블에 놓인 '스무 살의 여름'을 감독 쪽으로 밀어주며 말을 이었다.

"아까도 말씀드렸지만 작가가 글을 상당히 잘 써요. 캐릭터도 명확하고. 이야기 구조도 조금만 손보면 시나리오로 만들기에도 어렵지 않을 것 같고요."

"너 이 소설 꽤나 맘에 들었나 보다?"

"바쁘시겠지만 한번 읽어보세요. 텍스트만 봐도 영상이 저절로 떠올랐다니까요."

"알았다, 알았어. 야, 배고프다. 밥이나 먹으러 가자."

"또 말 돌리시네."

두 사람이 자리에서 일어섰다.

카페를 나가는 그들의 등 뒤를 향해 사람들이 다급히 카메라를 들이대고 있었다.

BIG LIFE

"어쩐지 낯이 익더라니……."

도준과 헤어지고 집으로 돌아온 감독은 주방에서 혀를 끌끌 찼다.

'스무 살의 여름'이 자신의 방 테이블 위에도 놓여 있었다. 표지에는 흉물스러운 자국이 선명했다. 간밤에 라면을 먹으면서 냄비 받침으로 쓴 탓이었다.

일주일에 수십 권씩 책이 들어오는 판국이니 대부분 이런 식으로 활용되고 있었다.

"아우우…… 오늘은 몸이 좀 찌뿌드드하네. 몸살인가."

감독은 '스무 살의 여름'을 챙겨 침대에 누웠다.

10페이지까지 속독하는 사이에 3번 하품을 했다. 50페이지까지 읽는 사이에는 2번 몸을 뒤척였다.

그리고 100페이지에 다다랐을 때.

"뭐야, 이거. 범인 어떤 새끼야?"

감독은 기어코 몸을 일으켜 벽에 기대어 앉았다.

피로를 잊은 두 눈은 번득였고 타는 목은 침을 넘기기 바빠졌다. 페이지를 넘기는 손가락 끝이 미약하게 떨리고 있었다.

"흐음……!"

이윽고 소설을 전부 읽고 난 감독이 탄성 어린 침음을 흘리며 고개를 끄덕였다. 적극적으로 추천한 도준이 이해되는 작품이었다.

"웅성 쪽이네."

일단 결정을 내렸으면 망설이지 않는다. 감독은 아직 7시가 되지 않은 시계를 확인하고는 핸드폰을 들었다. 상대가 전화를 받자마자 그는 지체 없이 말했다.

"미스터리움 브랜드 담당자 부탁합니다."

30장

재미있는 거장이군

"야, 진짜? 우재훈 감독이라고?!"

"편집장님 말씀으론 그렇다는데."

원룸에 놀러온 정진은 재건의 말을 듣자마자 입을 다물지 못했다. 감탄과 경악이 비등한 표정이었다.

재건은 노트북으로 인터넷에 접속해 우재훈의 이름을 검색하고 있었다.

"경포대, 육광구, 디 워……. 다 본 거네. 이 감독이었구나."

"블록버스터를 주로 찍지. 평가가 좋은 것도 있고 완전 망한 것도 있고. 그래도 경포대는 볼만했어."

정진이 흥분을 가라앉히지 못하고 설명을 이었다.

"이 인간 한국의 우붸 볼이라고 불리는 감독이잖아."

"우붸 볼?"

"독일 감독인데 게임 원작으로 만든 영화마다 말아먹기로 유명해. 오죽하면 독일 정부가 원래 자국 영화인이 해외에서 영화 만들면 제작비 절반 지원하는 법안이 있었는데, 우붸 볼 때문에 이 법 폐지했다고 하더라."

"근데 우재훈 감독은 영화가 다 망한 건 아니잖아. 평가는 혹독해도 흥행한 작품도 여럿 있고."

"우붸 볼이라고 불리는 이유는 따로 있지. 우붸 볼이 자기 욕한 평론가한테 스파링 신청해서 복싱으로 때려눕힌 적이 있거든? 근데 우재훈도 재작년에 그랬다고. 술집에서 자기 영화 비평한 평론가와 우연히 마주쳐서 맞짱 떴잖아. 뉴스에도 한참 났었는데."

"그런 일이 있었어?"

재건이 참지 못하고 웃음을 터뜨렸다. 그에 반해 정진은 정색한 표정을 풀지 않고 간곡하게 말을 이었다.

"판권은 신중하게 팔아라, 재건아. 영화화도 좋지만 어쩐지 불안하다. 게다가 네 작품은 미스터리잖아."

"일단 편집장님이랑 같이 만나 보고 상의를 해야지."

재건이 자리에서 일어나 셔츠를 입었다.

"이제 나가봐야 할 거 같다. 오래 얘기 못 해서 미안하네."

"미안할 거 없어. 나도 잠깐 보러 온 것뿐이야. 나 어차피 저녁엔 따로 약속 있었어.”

“누구랑?”

정진은 대답 대신 엄지를 척 하고 들어 보였다.

재건이 그 손가락을 한 번 꽉 잡아주고는 웃으며 물었다.

“슬슬 사귀자고 해봐. 효진이도 너한테 마음 있으니까 이렇게 자주 보는 걸 거 아냐.”

“조금만 더 간 보고.”

재건은 차를 몰아 정진을 집까지 데려다준 다음 약속 장소를 향해 핸들을 꺾었다. 구로역 인근의 카페에서 만나기로 되어 있었다. 명석이 재건을 배려해서 결정한 장소다.

카페로 들어서니 명석과 영화감독 우재훈, 그리고 제작사 직원들까지 모두가 와 있었다. 재건은 아직 약속 시간 5분 전인 시계를 확인하고는 그들 쪽으로 다가갔다. 명석을 비롯한 모두가 일어나 그를 맞았다.

“안녕하세요. 하재건입니다. 일찍 오셨네요.”

“우재훈입니다. 뵙게 돼서 반갑습니다.”

형식적인 인사와 악수를 교환한 후 재건은 명석의 옆에 앉았다. 일순 재건의 두 눈이 살며시 찌푸려졌다. 테이블 아래로 재훈의 맨발과 삼선 슬리퍼가 눈에 들어온 까닭이었다.

“글을 제법 쓰시더군요. 잘 읽었습니다.”

“고맙습니다.”

재건은 짤막하게만 대꾸하고 말아버렸다. 어딘가 경망스럽게 느껴지는 말투가 마음에 들지 않았다.

재훈은 목을 벅벅 긁으며 거들먹거리듯이 말을 이었다.

“작가님도 편집장님도 바쁘실 테니 바로 일 얘기 들어가십시다. 저, 이 소설 마음에 듭니다. 판권 사고 싶어요.”

명석이 웃으며 먼저 말을 받았다.

“좋게 봐 주셔서 고맙습니다. 이제 말씀드리는 거지만, 저희 미스터리움에서 자신 있게 밀어붙인 이유가 충분하고도 넘치는 작품입니다.”

“하하, 네. 그럴 만한 작품이었어요.”

말을 한마디씩 주고받은 명석과 재훈의 시선이 재건에게로 모였다. 재건은 입을 다문 채 모종의 상념에 잠겨 있었다.

“그럼 뭐, 계약을 진행할까요. 우선 판권료부터 책정을 해야겠는데…….”

재훈이 말끝을 흐리는 사이에 재건이 서서히 고개를 들었다. 그는 신중한 눈빛으로 명석을 한 차례 바라본 다음, 재훈에게로 얼굴을 향하며 입을 열었다.

“한 가지 여쭤보고 싶은 게 있습니다.”

“말씀하세요.”

“계약상의 모든 부분은 미스터리움을 믿고 맡길 생각입니다. 다만 제가 궁금한 건 시나리오입니다.”

"시나리오요?"

"제가 직접 시나리오를 쓸 수 있을까요?"

이것이 지금껏 재건을 고민하게 만든 부분이었다. 그에게는 판권료보다 시나리오를 자신이 쓸 수 있을지 여부가 더욱 중요한 요소였다.

재건은 재훈이 만든 영화를 거의 모두 봐왔다. 시나리오가 허술해서 전개가 어그러진 작품도 꽤 있었다. 자신의 소설이 영화화되는 일인 만큼 재건으로서는 걱정이 될 수밖에 없었다.

"죄송하지만 그건 어렵겠습니다."

재훈은 단호하게 고개를 내저으며 재건의 부탁을 물리쳤다.

"시나리오라는 건 잘 쓰는 사람에게 맡겨야죠."

"잘 쓰는 사람이요?"

"하재건 작가님이 못 쓰신다는 게 아니고요. 시나리오는 달라요. 어떻게 거, 시나리오 좀 써 보셨어요?"

"대학 시절에 조금 써봤습니다."

"그 정도 과제물 수준으로는 안 됩니다."

재훈이 딴 곳을 보며 코웃음을 쳤다.

재건의 심기는 더욱이 언짢아졌다.

타고난 천성일까. 처음부터 모든 언행이 불쾌한 사람이었다.

그런 그를 더욱 자극하듯이 재훈은 씩 웃으며 질문을 이었다.

"어떻게 하실 겁니까?"

재건이 어금니를 꽉 악물었다. 의향을 묻는 재훈의 말투가 그에게는 마치 '감히 내 제안을 거절할 수 있을까?'처럼 들렸다.

스멀스멀 밀려들던 기분 나쁜 감각이 재건의 가슴 안에서 명확하게 형태를 갖추기 시작했다.

"네? 작가님."

재훈이 재촉하듯 말을 이었다. 재건은 45도로 시선을 내리깐 채 묵묵부답이었다. 무슨 생각을 하는지 알 수 없을 만큼 무표정한 얼굴이었다.

'꼬이는군…….'

재건을 힐끗 보며 명석은 속으로 한숨을 내쉬었다. 티를 내지 않고 있을 뿐, 틀어지는 분위기쯤은 진즉부터 파악하고 있었다. 명석이 아는 재건은 작가로서의 자존심이 강하고 기본적인 예의를 중요하게 여기는 사람이다. 이대로 뒀다간 판권 계약이 결렬될 확률이 높다. 천성이 작가인 재건은 계약이 어긋나더라도 딱히 아쉬워하지 않을 터였다.

'슬슬 중재에 나설 타이밍이긴 한 것 같은데…….'

명석은 대화에 개입할 시기를 재고 있었다. 덮어놓고 재건의 편을 들어줄 수만도 없기 때문이다.

상대는 한국 영화계의 거물 중 하나다. 관객과 평론가의 평가는 야박하지만 어쨌든 천만 관객을 동원한 작품도 있다. 덕분에 투자자들의 신뢰도도 높은 편이었다. 명석은 이 기회를 놓치고 싶지 않았다. 재건에게는 확실한 경력이 될 것이고, 미스터리움에서 출간된 원작 도서 '스무 살의 여름'은 더욱 많은 관심과 각광을 받게 될 것이기에.

"좀 출출하네, 여기 뭐 간식거리는 없나."

재훈이 지루한 표정으로 부푼 배를 쓰다듬으며 중얼거렸다.

잠시 후, 재건이 시선을 들었다. 생각을 끝마친 그는 한결 편안해진 눈빛으로 재훈을 바라보며 물었다.

"직접 쓰실 겁니까?"

"네?"

"시나리오 말입니다."

"음, 아직 결정된 건 없는데 그렇게 할 수도 있겠죠."

"그렇다면 어렵겠습니다."

재건이 뜸도 들이지 않고 잘라 말했다. 단호해진 그의 말투에 재훈은 물론이고 옆자리의 명석도 얼굴이 살짝 굳어들었다.

"어렵겠다고요?"

"육광구 시나리오를 직접 쓰셨죠?"

재훈은 대답 대신 목울대를 울렸다. 무슨 이야기를 꺼내려는 것인지 훤히 보였다. 재건은 그의 예상에서 한 치의 어긋남도 없이 단도직입적으로 말을 이어 나갔다.

“저는 육광구에 굉장히 실망한 한 사람의 관객입니다. 그래서 죄송스러운 말씀이지만, 감독님께서 직접 쓰신다면 제 작품을 믿고 맡길 자신이 없는 겁니다.”

재훈의 낯빛이 붉으락푸르락 달아올랐다.

지워 버리고 싶은 수치를 끄집어내다니.

할 수만 있다면 당장 손을 뻗어 재건의 입을 틀어막아 버리고 싶은 심정이었다.

재건이 말을 이었다.

“제가 반드시 시나리오를 쓰지 못하더라도 좋습니다. 적어도 제가 수긍하고 받아들일 수 있는 작가를 써주세요. 이것이 제가 생각한 타협안입니다.”

“타협이 아니라 날 우롱하는 게 목적 아니오?”

시비조로 묻는 재훈의 눈알이 희번덕거리며 돌아갔다.

재건은 희미하게 웃으며 고개를 가로저었다.

“타협 맞습니다. 그냥 자리에서 일어설 수도 있었던 걸 소신껏 참고 절충안을 찾은 겁니다.”

“뭐요……?!”

“오해하진 말아주셨으면 합니다. 이 기회를 놓치고 싶지 않아서 타협하는 게 아닙니다. 오늘의 자리를 주선해 주신 저희 편집장님의 입장을 고려한 겁니다."

"이봐요, 작가 양반!"

재훈이 두꺼운 손바닥으로 테이블을 쾅 하고 내려쳤다.

자신은 한국 영화계의 거장이다.

20살이나 어린 새파란 작가 주제에 감히 내 앞에서 훈계조로 말을 지껄이다니?

단순하고 직설적으로 반응하는 그의 혈기는 이 상황을 결코 고이 넘어갈 수가 없었다.

재건이 자리에서 일어나 옷매무새를 가다듬었다.

"아무래도 이 자리에서 계약의 추이를 가늠하긴 어려울 것 같습니다. 먼저 일어나 보겠습니다."

"어? 어? 어어어어?"

당황한 재훈은 말도 제대로 잇지 못하고 헛되게 손만 내젓고 있었다. 출입구로 향하는 재건을 뒤따라 명석도 자리에서 몸을 일으켰다. 분노한 재훈이 명석으로 표적을 변경했다.

"이봐, 편집장! 이게 무슨 사달이야! 당신 일머리가 그렇게 없소?! 이 내가 이런 우스운 꼴을 당하게 만들다니. 작가 관리를 어떻게 하는 거냐고!"

명석이 가느다란 한숨을 내쉬며 멈춰 섰다. 그러고는 담담한 시선으로 재훈을 돌아보며 나직이 말했다.

"감독님께서 잘못하신 부분도 없진 않다고 봅니다."

"뭐요?!"

명석이 눈짓으로 재훈의 두 발을 가리켰다.

"초면에 맨발로 삼선 슬리퍼를 신고 나오신 모습만 보고서도 매사에 거리낌이 없으신 데다 자유분방하신 성격이라는 건 인지했습니다. 그게 충무로 스타일인지 본래 감독님이 워낙 거장이시기 때문인지는 모르겠지만, 하 선생님은 이런 부분을 별로 안 좋아하신 것 같습니다."

어디까지나 예의 바른 말투지만 실상은 통렬한 야유였다.

재훈이 자리를 박차고 일어나 온몸을 부들부들 떨었다. 어찌나 화가 났는지 입에서는 '푸! 푸!' 하는 소리와 함께 활화산처럼 뜨거운 숨이 거듭 뿜어져 나오고 있었다.

"당신……! 오명석이라고 했지? 내 오늘 웅성에 전화 한 통 넣을 테니 그리 알아!"

상대가 웅성출판그룹 대표이사의 장남이라는 사실을 모르고 내뱉은 치졸한 협박이었다.

명석은 가볍게 웃고는 고개를 끄덕였다.

"그렇게 하십시오. 판권 문제는 연락 기다리겠습니다."

"뭐? 연락을 기다려?! 그래, 감봉당할 연락이나 기다려 봐! 그깟 소설 판권 필요 없어! 세상에 써먹을 원작이 그거 하나뿐인 줄 알아!"

명석은 거듭 고함을 내지르는 재훈을 뒤로 하고 카페를 나섰다. 그는 전화를 걸기 위해 핸드폰을 꺼내 들다 말고 쓴웃음을 빼물었다. 주차장 어귀에 서 있는 재건이 보였다.

"죄송합니다, 편집장님."

명석이 면전으로 다가오자마자 재건이 입을 열었다. 명석은 웃으며 고개를 가로젓고는 물었다.

"식사 전이시죠? 출출하실 텐데 근처에서 간단히 뭐라도 드시지 않겠습니까?"

"네, 좋습니다."

재건과 명석은 멀지 않은 인근의 한식당에 들어가 자리를 잡고 앉았다. 재훈은 없더라도 이 두 사람에게는 아직 해야 할 대화가 남아 있었다.

"저는 돌솥비빔밥 먹을게요."

"저도 선생님과 같은 걸로 하지요. 여기 돌솥비빔밥 둘 부탁합니다."

컵에 물을 따르며 재건이 운을 뗐다.

"참지 못하고 편집장님께 폐를 끼쳤습니다. 저 때문에 편집장님이 난처해지시거나……."

"아닙니다, 선생님."

수저를 건네면서 명석이 말을 끊었다.

"저는 아무렇지도 않으니 마음에 두지 마세요. 다만, 이

기회는 놓치지 않으셨으면 좋겠습니다."

"……."

"이건 선생님께 정말로 좋은 기회가 될 수 있습니다. 기분 상하신 건 십분 이해합니다만, 가능하면 이 계약이 성사되었으면 하는 것이 저의 바람입니다. 사람이야 어쨌든 현재 한국 영화계 최상위권 감독인 건 사실이니까요."

재건이 복잡한 심경을 가득 드러낸 표정으로 고개를 뒤로 젖혔다. 명석은 의자를 끌어 보다 가까이 앉으며 또렷하게 말을 이었다.

"시나리오 부분은 최대한 하 선생님이 만족하실 수 있는 쪽으로 해결되도록 제가 힘써 보겠습니다. 나머지 문제는 저에게 맡겨주시죠."

두 사람의 시선이 지척에서 교차했다. 명석은 더 이상 그 무엇도 보태서 말하지 않았다. 애초에 재건은 긴말을 해봤자 통하지 않는 사람이다. 다만, 한 점 흔들림도 없이 올곧은 눈빛으로 그의 신뢰를 얻어내려 노력하고 있었다. 이윽고 재건이 고개를 주억거리며 입을 열었다.

"말씀만으로도 감사합니다. 하지만 그 감독님 화가 보통 난 게 아닐 텐데요. 시나리오 문제를 해결하기 이전에 판권을 사들일 마음이 들까요?"

"그 부분은 걱정하지 마세요."

명석이 흘러내린 안경을 손가락으로 올리며 즉각 대답했다.

"그렇게 되도록 만드는 것이 제 역할입니다."

확고한 명석의 말투에 허세는 없었다. 그는 이 계약을 성사시킬 자신감과 능력을 손에 쥐고 있었다.

떨떠름한 표정도 잠시, 이내 재건은 고개를 끄덕이며 웃었다. 단 한 번도 자신을 실망시킨 적이 없는 사람이다. 이번에도 완전히 믿고 맡겨 버릴 결심이 섰다. 주문한 음식이 나오고 두 사람은 수저를 들었다.

BIG LIFE

영화 제작사 프로덕션 팀 사무실.

재훈은 뒤 닦은 휴지처럼 뒤틀린 얼굴로 줄담배만 뻑뻑 피워대고 있었다. 맞은편에 앉은 직원은 소심하게 눈치를 살피면서도 보고를 계속했다.

"스무 살의 여름이 금주부터 반디 앤 루니아 3위에 안착했습니다. 현재까지 판매고는 55만 부인데, 100만 부 돌파에 베스트셀러 1위는 이제 기정사실이라는 의견들이에요. 이슈를 중요시하는 투자자들에게 더할 나위 없는 작품이지요. 무서운 속도로 팔려 나가고 있어요."

"푸우……!"

재훈이 하얀 연기를 코와 입으로 동시에 뿜으며 담배를 재떨이에 비벼 껐다. 그는 정말로 '스무 살의 여름'을 내쳐 버릴 생각이었다. 그런데 투자자들의 반대에 내몰린 것이다. 어떻게든 '스무 살의 여름' 판권을 사들이고 영화화를 진행하라는 것이 그들의 공통되고도 강경한 입장이었다.

"아, 그리고 감독님. 미스터리움 오명석 편집장에 대해서도 알아봤습니다."

재훈이 커피를 마시다 말고 핏대를 올리며 소리쳤다.

"그걸 알아보랬다고 진짜 알아봐?! 홧김에 얘기한 걸 갖고, 내가 진짜 그런 걸로 수를 쓸 만큼 졸렬한 놈으로 보이나!"

"그, 그래도 일단 시키신 거라서……! 근데 감독님, 중요한 건 그게 아닙니다. 그 오명석이란 편집장이 실은 웅성그룹 대표이사의 장남이랍니다."

"뭐어?!"

재훈의 두 눈이 즉석에서 까뒤집혔다.

"그게 정말로 사실이야?"

"네, 제가 아는 직원이 있어서 통화하고 확인했어요. 딱히 비밀도 아닌 분위기던데요."

"장남이 경영은 안 하고 왜 편집장이나 하고 있어?"

"자세한 사정은 저도 모릅니다."

재훈은 손으로 입을 가리고 생각에 빠져들었다. 웅성출판그룹도 제작비를 출자할 용의가 있다고 말하던 명석의 얼굴이 뇌리에 떠오르고 있었다.

“감독님, 저녁 식사는…….”

“나가봐. 내가 알아서 할 테니까.”

재훈은 직원을 내보내고 지끈거리는 머리를 싸맸다. 자존심이 용납하지 않았지만 한 수 접어줘야 할 때라는 걸 인정해야 했다. 최근 만든 두 작품이 연달아 빛을 보지 못했다. 이번에는 고집을 부려도 자신의 말을 들어줄 것 같지가 않았다.

“전화해……! 전화하라고……!”

핸드폰을 노려보며 재훈이 으르렁거리듯 중얼거렸다. 먼저 전화를 걸지 못하는 건 그의 마지막 자존심이었다. 하루 이틀 정도는 버티고 기다려 볼 작정이었다.

그리고…… 연락은 오지 않았다.

BIG LIFE

“역시 심심할 땐 글 쓰는 게 최고야. 그렇지?”

“야옹.”

“지금 쓰는 건 판타지야. 요전에 부천 사무실 가서 밤새우면서 썼을 때 제법 형태가 잡혔어.”

마지막 문장의 끝에 마침표를 찍고 난 재건이 한껏 기지개를 켰다. 습작으로 시작한 판타지 소설이 어느새 3권 분량을 넘겨 버렸다. 최근 며칠 동안 시간이 남아돌았다는 것도 빠른 속도에 한몫 했다.

"쓴 건 감상을 들어야겠지?"

재건은 래프북스 태원에게 원고 파일을 첨부해 메일로 보냈다.

시간은 이제 막 오전 7시를 넘기고 있었다. 밤새도록 글을 쓴 재건은 서건우의 머그컵으로 커피를 타 천천히 마셨다. 단숨에 기력이 회복되고 있었다.

"영화는 아무래도 틀어졌나 보다, 리카."

아직 명석으로부터 아무런 연락이 없는 상황이었다. 사실 재건은 무덤덤했다. 계약이 결렬되더라도 상관없다는 생각이었다. 언젠가 또 보다 좋은 기회가 찾아올 것이라는 긍정적인 마음이었다.

"커피 마셨더니 배고프다. 아침 먹을까?"

주방으로 걸음을 옮기는 찰나 핸드폰이 울렸다. 태원으로부터 걸려온 전화였다. 메일을 보낸 지 15분도 되지 않았기에 재건은 놀란 웃음으로 전화를 받았다.

"대표님, 일찍 일어나셨네요?"

–하 작가님은 밤샘 작업하신 거죠? 원고 들어온 거 보자마자 연락드린 거예요. 대충 시놉시스만 훑어봤는데 이번 것

도 정통 판타지네요?

“네, 더 브레스 성공하고 나니까 정판 쪽도 쓰기가 재미있더라고요. 이번엔 좀 가벼운 느낌으로 갔어요. 한번 시간 나실 때 읽어봐 주세요.”

–그럼요. 아침 먹으면서 바로 읽어봐야죠. 정말 고마워요, 하 작가님. 또 이렇게 금세 원고를 주시고.

“사무실 쓰는 값은 해야겠다는 생각이 들더라고요.”

재건의 너스레에 태원이 목소리를 높여 웃었다.

–그럼 아침 드시고요. 아, 맞다. 양현경 작가님 원고 들어오기 시작한 거 모르시죠?

“그래요?”

예상치 못한 태원의 말에 재건이 두 눈을 휘둥그레 떴다.

–네, 이거 비밀이라고 했는데 하 작가님한테는 말씀드려야 할 거 같아요. 부천 사무실 근방에서 알바하면서 쓰시는 중인가 봐요. 6일 전부터 펑크 없고 앞으로도 3회분이 더 왔어요.

힘없이 짐을 챙겨 사무실에서 떠나던 현경의 얼굴이 눈앞에 아른거렸다. 정신을 차리게 해줄 목적으로 독하게 굴었지만 역시 못내 신경이 쓰였던 건 사실이다.

“어디서 일하고 있어요?”

재건은 태원이 불러주는 업소명과 주소를 간단히 적었다.

잠시 후, 전화를 끊고 난 그는 샤워를 하러 욕실로 들어섰다. 창밖으로 눈부신 해가 떠오르고 있었다.

부천의 한곳에 자리한 주유소.

중심가 부근이라 찾아드는 차가 줄을 잇고 있었다. 5명의 주유원은 잠깐 화장실에 다녀올 새도 없을 지경이었다.

"어서 오세요, 얼마 넣어드릴까요?"

5명의 주유원 중 한 사람인 현경이 이제 막 들어온 손님을 맞았다. 손에 낀 장갑과 주유복은 기름때로 범벅이었다. 가슴에 붙인 명찰까지 새까맸다. 며칠 전부터 세탁하고 싶었지만 짬이 나지 않았다. 타 직원들의 겹친 휴무 탓에 주야 근무 일정이 꼬였던 까닭이다. 소장과 총무에게 여벌의 옷을 달라고 부탁도 해봤지만 본사에서 지급이 들어올 때까지 며칠 더 버티라는 말만 돌아왔다.

'아이고, 힘들다……!'

주유기를 꽂고 현경은 긴 한숨을 내뿜았다.

아침 8시부터 저녁 6시까지 일하고 2시간 수면, 다시 저녁 8시부터 아침 6시까지 일하고 2시간 수면, 다시 또…….

이 정신 나간 근무가 그저께까지 무려 나흘이나 지속되었다. 멋모르는 신입 직원은 하소연할 데도 찾지 못하고 부당한 손해를 감수했던 것이다.

‘저녁 6시까지 어떻게 버티지.’

현경은 거의 제정신이 아니었다. 어제는 간만에 푹 잘 기회가 있었지만 글을 써야 했기에 누적된 피로를 제대로 풀지 못했다. 벌써부터 하늘이 노랗고 눈앞은 빙빙 돌았다.

‘누굴 원망해. 이게 다 내 잘못이지.’

맨살이 보이게 손가락 부분을 잘라낸 장갑을 낀 손을 내려다보며 현경은 자조하듯 웃었다. 추운 사무실에서 민호가 건네줬던 바로 그 장갑이다.

글 쓸 때 끼라고 준 장갑으로 기름을 넣고 있는 것이 당면한 현실이었다.

‘오늘은 끝나면 먼저 4시간 숙면하고 나서 글 써야지. 시끄러운 숙소 놈들도 오늘은 놀러 나갔다가 늦게 들어올 것 같으니.’

주유소 건물 2층의 작은 끝 방이 현경의 거처였다. 애초에 숙식이 제공되기 때문에 이 주유소에서 일을 시작했다. 3명이서 같이 쓰는 방은 수시로 사람들이 드나들면서 숙면과 집필을 방해했다.

뒤늦게 깨달았지만 작가 사무실은 천국 중의 천국이었다. 냉장고에 가득했던 음식과 편안한 잠자리를 거저먹는 거라고 여겼던 스스로가 한심스러웠다.

‘내가 다시 한 번 주식을 하면 개현경이다……!’

자기도 모르게 각오를 다잡으며 엄지손톱을 깨무는 현경이었다. 오르지 않는 주식은 이미 다 팔아버렸다. 부모님께 빌린 것까지 투자한 총 200만 원의 돈에서 남은 건 불과 30만 원 남짓이었다.

“아저씨! 기름 다 들어간 거 같은데 뭐 해요!”

운전석의 손님이 성난 얼굴로 내다보고 소리쳤다. 현경은 화들짝 상념에서 깨어나 액수를 백 단위로 맞추고 주유기를 뽑았다.

주유기를 걸기 위해 스탠드 쪽을 향해 돌아선 순간.

‘하 작가님……?!’

길 건너편으로 무심코 향한 현경의 두 눈이 부릅떠졌다. 한 남자의 뒷모습이 무척이나 낯익었던 것이다. 거리가 멀고 시력이 좋지 않기에 확신할 수는 없었다. 하지만 형용하기 어려운 특유의 걸음걸이가 기억속의 재건과 몹시 흡사했다.

“아저씨!”

“네네, 6만 8,300원입니다.”

현경은 일단 시선을 거두고 계산부터 했다. 차를 내보내고 길 건너를 바라보니 재건과 비슷했던 그 남자의 모습은 자취를 감추고 없었다.

‘아니겠지, 여기가 사무실 근처도 아니고. 하 작가님이 이 근처에 무슨 볼일이 있다고.’

바쁜 업무 때문에 현경은 금세 그 일을 잊어버렸다.

정오가 되어 점심을 먹으러 숙소에 들어갔을 때, 그를 기다리고 있는 물건이 있었다.

"현경 씨, 이거 아까 누가 찾아와서 전해 주래."

"이게 뭔데요?"

"영양제. 그거 꽤 비싼 거던데."

현경은 부소장이 내민 종이봉투를 건네받고 안을 들여다보았다. 원통형의 큼지막한 종합 영양제가 들어 있었다.

'대체 누가 이런 걸 나한테……?'

현경은 얼빠진 표정으로 손에 쥔 영양제를 이리저리 살폈다. 그러던 중 아침의 기억 하나를 떠올리고 부소장을 돌아보았다.

"부소장님, 이거 준 사람 얼굴이 어떻게 생겼어요?"

"그냥 평범하던데? 20대 중반? 중후반?"

"호, 혹시 이 사람 맞나요?"

현경이 핸드폰을 꺼내 헐레벌떡 인터넷에 접속했다. 화면에 뜬 사진을 보여주자 부소장은 안경을 벗고 들여다보더니 고개를 끄덕였다.

"이 사람 맞네, 이야. 네이빈에도 뜨는 작가야? 현경 씨랑 무슨 사이야? 어떻게 알게 됐어?"

"……!"

현경은 목이 메어 대답을 할 수가 없었다.

삶은 계란을 통째로 삼킨 것처럼 가슴이 꽉 막혔다. 촉촉이 젖어드는 두 눈은 핸드폰에 뜬 재건의 사진만 뚫어져라 들여다보고 있었다.

"현경 씨. 밥 먹어, 밥. 다 식어."

"네…… 네, 지금 먹어요."

현경은 꾸역꾸역 밥을 먹기 시작했다. 바닥난 줄 알았던 기력이 되살아나면서 입맛이 돌았다. 하루빨리 이곳을 벗어나겠다는 각오를 입안의 밥과 함께 줄기차게 곱씹었다.

BIG LIFE

"하 작가님 나오시면 저까지 능률이 올라서 좋아요."

"저도 마찬가집니다."

재건이 타자를 두드리며 말을 받았다. 현경의 근황을 살피고 돌아오면서 작가 사무실에 들렀다. 그리고 내친김에 글을 쓰기 시작했다. 민호는 친구를 만나러 나갔기에 사무실엔 재건과 은영 둘뿐이었다.

"이번에 또 래프북스에서 신작 판타지 내시는 거죠? 무슨 내용이에요?"

"으음, 대륙 한 곳에 던전이 생겨나요. 던전 몬스터들을 잡으면 여러 가지 물품이 나오니까 부와 명예를 위해서 용사들이 몰려오고요."

"주인공도 용사예요?"

"아니요. 주인공은 망한 상인 아들인데, 던전 근방의 황무지를 싼값에 매입해서 용사들 상대로 장사해요."

"재밌겠다. 완성되면 나중에 보여주세요."

"제가 부탁드리고 싶은 일이죠."

그렇게 대답하며 재건은 핸드폰을 들었다.

시간이 정오를 넘어가고 있었다.

'식사하시기 전에 빨리 전화하는 게 낫겠지.'

이제 소미에게 전화를 걸어야 할 차례였다. 신작 판타지의 표지와 삽화를 부탁하려는 것이 목적이었다. 그런데 번호를 누르는 도중 명석으로부터 전화가 걸려왔다.

"네, 편집장님."

—안녕하세요, 선생님. 식사하셨어요?

"이제 곧 먹으려고요."

—다행입니다. 아직 식전이시면 같이 하실 수 있으세요?

"아, 그게……."

재건이 말끝을 흐리며 은영의 뒷모습을 바라보았다. 그녀와 함께 점심을 먹기로 벌써 약속이 돼 있었다. 다음에 하자고 말하려는 와중에 명석의 말이 이어졌다.

–우재훈 감독님이 꼭 한번 대접을 드리고 싶답니다.

"감독님이요?"

–네, 자기가 경거망동했던 부분도 사과를 드리고 판권 계약 문제도 다시 한 번 편안하게 얘기해 보고 싶다고 하네요.

재건은 얼떨떨한 표정이 되어 잠시 말문이 막혔다.

명석은 없는 말을 할 사람이 아니다.

콧대 높던 감독이 도대체 무슨 연유로 이토록 저자세가 된 것일까.

–갑작스럽게 말씀을 드려서 죄송합니다. 오늘 힘드시면 내일이나 모레 다시…….

"아니요, 그렇게 하겠습니다."

재건이 의자에서 일어서며 대답했다. 그간 명석도 여러모로 신경을 써왔을 일이니 미루고 싶지 않았다.

–고맙습니다, 선생님. 지금 어디신가요? 제가 직원을 보내겠습니다.

"차 끌고 나왔어요. 내비 찍고 가면 되니 위치만 알려주세요."

–선릉역 근방 한정식집인데 2시까지 오실 수 있을까요?

"네, 가능합니다."

–알겠습니다. 메시지로 주소 보내드리겠습니다. 그럼 조금 있다 뵙겠습니다, 선생님.

재건은 은영에게 양해를 구하고 시간 맞춰 사무실을 나섰다. 도로가 한산해서 약속 시간 10분 전에 도착할 수 있었다. 3층 건물을 통으로 사용하는 고급 한정식 전문점이었다. 주차장에 차를 세우고 내리자 기다리고 있던 명석과 재훈이 다가왔다.

"일찍 오셨네요, 선생님."

명석이 먼저 웃으며 말을 건넸다.

재훈이 커다란 상체를 숙이며 재빠르게 그 뒤를 이었다.

"다시 뵙게 되어 영광입니다, 선생님. 제가 일전엔 무척 실례가 많았습니다."

"아…… 아닙니다. 저야말로 무례했습니다."

그렇게 말을 받으면서도 재건은 황당하기만 했다. 무슨 바람이 불어서 호칭을 '작가님'에서 '선생님'으로 바꾼 것인지 아리송할 따름이었다.

"그럼 어서 들어가실까요? 편집장님, 선생님."

"네, 들어가시죠."

세 사람은 고급 한정식을 먹으며 이야기를 나눴다.

한동안 재건과 명석은 말을 듣고만 있어야 했다. 불손했던 예전과는 180도 달라진 재훈이 한참이나 자신의 잘못에 대해 사과만 해댔기 때문이다.

"제가 아무래도 험한 현장에서 주로 일하다 보니까 저도 모르게 편집장님과 선생님 앞에서 실수를 했던 것 같습니다. 허허, 부디 넓은 마음으로…….”

“이제 괜찮습니다, 감독님. 충분히 이해했습니다.”

지루한 사과를 듣다 못한 명석이 끝내 참지 못하고 말을 끊었다. 이런 식으로 사과만 듣고 있다간 저녁까지 점심밥을 먹게 될 것 같았다.

“선생님도 감독님도 바쁘신 와중이시니 본격적으로 판권에 관한 이야기를 해야 할 것 같습니다. 그러기 위해서는…….”

명석은 뜸을 들이며 재건을 살짝 돌아본 후 말을 이었다.

“일전에 거론됐던 시나리오 작가 문제부터 해결이 되어야 할 것 같습니다. 하 선생님이 수긍할 수 있는 쪽의 작가를 기용해 주실 수 있을까요?”

“아, 저도 거기에 대해 말씀을 드리려던 참이었습니다.”

재훈이 곤혹스러운 듯이 뒷머리를 벅벅 긁고는 한숨을 시작으로 설명했다.

“현장에서 저와 맞는 시나리오가 있습니다. 제가 일하는 스타일을 잘 아는 작가들이 있어요. 이건 선생님께서 어느 정도 감안을 해주셔야 할 부분입니다. 꼭 맞는 시나리오는 없습니다. 매 컷마다 현장에서 수시로 바뀌기도 합니다. 변명이 아니라 원래 영화라는 게 그렇습니다.”

재건은 잠자코 고개를 끄덕이며 말을 듣고 있었다. 재훈은 재건과 명석의 눈치를 한 번씩 살피고는 조심스러우면서도 간절하게 말을 이었다.

"제가 직접 쓰지는 않겠습니다. 다만 제가 아끼는 작가가 몇 있는데 이 중에서 골라주시면 안 되겠습니까?"

재건이 명석을 쳐다보며 의향을 물었다. 가볍게 고개를 끄덕이는 명석의 얼굴은 이쯤에서 수락하는 것이 좋겠다고 대답하고 있었다.

재건이 재훈에게 시선을 되돌리며 물었다.

"시나리오 작가분들에 대한 정보를 들을 수 있을까요?"

재훈은 그 자리에서 자신이 아끼는 작가들의 이름과 시나리오를 쓴 영화 제목들을 술술 읊었다. 작가 이름은 몰라도 영화는 재건도 모두 아는 것이었다.

"어떠십니까?"

설명을 끝낸 재훈이 타는 목으로 물을 넘기며 대답을 기다렸다. 두 눈을 내리깔고 생각하던 재건은 오래 걸리지 않아 결정을 내렸다.

"백동일 작가님께 부탁드리면 좋겠네요."

"아, 그러십니까?"

"네, 제가 성함은 몰랐지만 그분이 시나리오 쓰신 영화들은 다 봤습니다. 백동일 작가님이시라면 안심하고 맡길 수 있을 것 같습니다."

재훈은 즉석에서 헤벌쭉 웃으며 더없이 좋아했다.

“아하하, 네. 그럼 동일이로 가겠습니다. 이야, 선생님. 이토록 빠른 결단력 정말 감사드립니다. 아하하하하! 읏, 어흐흠……! 이거 또 큰 소리로 죄송…….”

판권 계약은 깔끔하게 마무리되었다. 세부적인 계약은 출판사에서 근시일 내에 하기로 이야기가 끝났다. 재건은 판권 가격에 대해서는 묻지도 않았다. 유능한 편집장이 알아서 해결할 영역이었다.

식사를 마치고 나서는 길.

헤어지기 직전 세 사람은 주차장에서 인사를 나눴다. 명석이 연장자인 감독에게 먼저 허리를 숙이며 인사했다.

“그럼 들어가십시오, 감독님. 바쁘신 와중에 시간을 내주셔서 다시 한 번 감사드립니다.”

“아이고, 아이고! 아닙니다! 아닙니다! 편집장님과 선생님이 나와주셨으니 제가 감사를 드려야죠. 아하하……!”

재훈은 벌겋게 얼굴이 달아올라서는 명석보다 더욱 깊숙이 허리를 숙이며 정중한 인사를 몇 번이나 거듭했다. 그 모습을 본 재건은 기묘한 기분에 사로잡혀 고개를 갸웃거렸다.

‘왜 편집장님에게 이렇게까지 하지? 그토록 안하무인이던 사람이…….’

재훈은 한국영화계 최상위권의 반열에 든 유명 감독이다.

어떤 아쉬운 구석이 있어서 출판사의 편집장에게 이토록 몸을 낮추게 된 것인가.

자신에게도 깍듯해졌지만, 명석에게 하는 행동은 그 이상이었다. 명석 앞에서 연신 고개를 조아리며 두 손을 모으는 재훈의 모습은 마치 신을 영접하는 신도와도 같았다.

"그럼 먼저 들어가 보겠습니다!"

우렁찬 목소리로 인사를 마친 재훈이 차를 끌고 먼저 주차장을 나섰다. 작아지는 차로부터 시선을 떼고 돌아선 명석이 재건에게 웃으며 말했다.

"아, 선생님. 판권료에 대해서 아직 선생님께 말씀을 드리지 않았군요. 2억까지는 받아낼 생각입니다."

재건이 두 눈을 동그랗게 치켜떴다.

얼마 전, 명석은 보통 국내 미스터리 원작 소설의 판권 가격이 부가 조항 없이 2,000만 원 전후라고 말했었다. 물론 '스무 살의 여름'은 베스트셀러가 된 만큼 훨씬 많은 금액을 기대해도 좋을 거라고 덧붙이기도 했다.

재건은 많아야 1억 이상을 받지 못할 거라고 예상하고 있었다. 하지만 명석의 대답은 무려 예상한 금액의 두 배인 것이다.

"그게 가능할까요?"

재건은 되묻지 않을 수 없었다. '스무 살의 여름'이 베스트셀러가 된 것도 맞고, 신인 작가치고는 엄청난 주목을 받고 있는 것 또한 맞다. 그럼에도 불구하고 이미 기존 업계에 형성된 가격과 비교하면 너무도 큰 금액이라고 생각됐다.

"가능합니다."

명석이 히죽 웃으며 자신만만하게 대답했다. 재건은 말문이 막혀 먼 하늘만 쳐다보았다. 2억 원이라는 액수는 중요한 게 아니었다. 돈이라면 충분히 벌고 있다. '더 브레스'를 비롯해 풍천유로 낸 작품들만으로도 매달 들어오는 인세가 1억 원을 가뿐히 넘긴다.

"반드시 2억의 판권료를 받아내겠습니다. 큰 이슈가 될 겁니다. 하재건 선생님의 경력에 하나의 강력한 상징이 될 거라는 건 두말할 나위도 없고요."

재건이 어떤 점에 관해서 놀랐는지 아는 명석은 목소리에 힘을 주어 덧붙였다. 평생토록 남동생에 관한 일을 제외하고는 지키지 못할 약속을 해본 적이 없었다.

재건이 하늘을 쳐다보던 시선을 거둬들였다. 나직한 한숨 끝으로 그는 하소연을 하듯이 말을 이었다.

"이제 편집장님께 고맙다는 말씀도 못 드리겠어요. 하도 많이 말을 해서 듣기 괴로우실 것 같아요."

"저와 똑같으시군요. 저야말로 그게 고민입니다."

두 남자가 동시에 웃음을 터뜨렸다. 커피를 마시러 돌아서는 그들의 등 뒤로 봄 햇살이 만들어낸 그림자가 길게 이어지고 있었다.

BIG LIFE

"제가 할 수 있을까요?"

"왜 이제 와서 약한 소리야? 그런 작품 하고 싶었다며? 판권까지 샀는데 너 지금 나랑 장난하니?"

재훈이 스트레이트로 양주를 들이켰다. 테이블 맞은편의 푹신한 소파에는 도준이 앉아 있었다. 뇌쇄적인 드레스를 입은 미모의 여자가 두 남자의 곁을 차지하고 있었다.

연예계 사람들이 주로 드나드는 룸이었다. 광고나 홍보 따윈 존재할 수가 없는 업소다. 자주 찾는 단골의 소개로 새 손님이 유입되는 경우가 대부분이다.

"도준 오빠, 오늘 왜 이렇게 저기압이야? 나랑 건배할래?"

여자가 도준에게 찰싹 들러붙으며 잔을 내밀었다.

도준은 짜증스런 기색으로 그녀의 추파를 거부했다.

"너 지명 없냐?"

"뭐야, 지금? 나더러 나가라는 거야?"

"그래 주면 고맙고."

태연스레 대답한 도준이 손에 쥔 술잔을 입으로 가져갔다.

여자는 콧등을 구기며 야속한 눈빛으로 쏘아본 끝에 자리에서 일어나 룸을 나가 버렸다.

재훈에게 술을 따라주며 도준이 물었다.

"다른 배우들은 다 정해졌어요?"

"여주 빼고는 대충."

"한주희 역 말이죠?"

"그렇겠지. 이지적이면서도 싱그럽고, 뭔가 양면성을 가진 그런 마스크여야 하는데. 연기력도 되어야 할 테고. 이게 오디션 통해서도 찾기가 쉽지 않을 거 같아."

도준은 술잔으로 시선을 내리깔며 생각에 잠겼다.

'스무 살의 여름'에 출연하고 싶은 마음은 여전했다. 새로운 분야인 데다 원작도 진심으로 재미있게 읽었다. 감독이 될 재훈과도 여러 번 일을 했던 경험이 있기에 익숙했다.

그러나 도준이 느끼는 걱정과 부담도 컸다. 원작 도서가 엄청난 흥행몰이를 하고 있으니까. 원작을 읽은 수많은 독자가 자연스레 영화관으로도 발길을 들이밀 테니까.

"제 이미지가 주인공하고 잘 맞아떨어질까요?"

"아주 잘 맞아."

"저는 키도 크잖아요."

"원작에 주인공 키 얘기 안 나와. 야, 박도준. 쓸데없는 소리 좀 하지 말고 마음 다잡아. 배급사에서는 어떻게든 여름이 끝나기 전에 개봉했으면 좋겠대. 덕분에 시나리오 쓰는 동일이 지금 아주 똥줄 탔다.”

“그렇겠네요.”

“오사카 로케부터 들어가서 한주희랑 이예지 여행하는 장면 먼저 끝낼 거야. 너 거기 덴포잔 주변 가 봤냐?”

“일본은 도쿄 말고는 안 가 봤어요.”

바로 그때, 노크와 함께 문이 열렸다.

도준과 친한 웨이터가 슬그머니 얼굴을 들이밀고 있었다.

“뭐냐?”

“새로 들어온 애가 있는데 인사드리게요.”

도준은 별반 관심이 없었다. 영화에 대한 생각만으로도 복잡한 머리가 터질 것만 같았다. 재훈이 아니었다면 이곳에 오지도 않았다.

“들여보내. 뭐 그런 걸 일일이 묻고 그래?”

도준과 달리 재훈은 쌍수를 들고 환영했다. 그의 파트너였던 여자는 표정이 뾰로통해져서 엉덩이를 옮겨 떨어져 앉았다.

웨이터가 실실 웃으며 문 밖으로 눈짓을 보냈다. 이윽고 와인 빛깔 드레스를 입은 한 여자가 고개를 살짝 숙이고 룸으로 들어왔다.

“아, 안녕하세요…….”

"고개 좀 들어봐요. 얼굴이 제대로 안 보여."

여자가 쭈뼛거리며 숙였던 얼굴을 들었다. 발그레한 그녀의 얼굴을 보자마자 재훈은 감탄스럽다는 듯이 두 눈을 동그랗게 떴다.

"야, 넌 화장 안 하는 게 훨씬 예쁘겠다. 이름이 뭐니?"

"김나연이라고 합니다. 오늘이 처음이에요."

"그래, 저기 옆에 가서 앉아."

나연은 잠시 망설이더니 도준과 약간 떨어진 곁에 몸을 앉혔다. 여전히 고개를 숙이고 있는 도준은 아직 그녀의 얼굴을 보지 못한 상태였다.

"한 잔 채워드릴까요?"

그렇게 말하며 나연이 손을 천천히 뻗었다. 그녀의 손가락이 손 안의 잔에 와 닿는 순간, 도준은 미간을 좁히며 성난 얼굴로 돌아보았다.

"내가 알아서 마실……!"

도준의 말이 중도에 끊겼다. 화들짝 놀라서 상체를 젖힌 나연과 시선이 마주친 참이었다. 겁먹은 그녀를 응시하는 도준의 얼굴에 한가닥 놀라움이 어리고 있었다.

"이름이…… 뭐라고요?"

"나연이요."

도준은 어안이 벙벙해진 채로 입술을 반쯤 벌렸다.

출중한 미모는 이곳에서 일하는 여자라면 모두 지니고 있다. 지금 눈앞의 나연이라는 여자도 마찬가지였다. 하지만 다른 여자들과는 달리 형용하기 어려운 야릇한 매력이 물씬 풍기고 있었다.

'진짜 예쁘네.'

도준은 재훈의 안목을 인정해야 했다. 화장을 지우면 훨씬 예쁠 거란 말은 허언이 아니었다. 이윽고 그는 웨이터에게 손가락을 까닥였다.

"태성아."

"네, 형."

웨이터가 도준 앞으로 다가와 두 손을 모으고 섰다.

도준이 지갑에서 100만 원짜리 수표를 끄집어냈다.

1장도 아니고 2장, 3장, 4장, 5장…….

연달아 끄집어내는 손길을 보고 웨이터는 목울대를 울렸다.

"로얄 38년, 그리고 묶을 거다. 나머진 너 가져."

지명을 받으면 아가씨 혼자서 여러 룸을 동시에 드나드는 것도 가능하다. 즉, 묶는다는 것은 나연이 다른 방에 가지 못하도록 여기 잡아두는 일을 뜻했다.

"괜찮죠?"

나연은 묵묵히 고개를 끄덕였다. 비로소 도준은 잔을 내밀었고, 나연은 그의 잔에 얼음과 술을 채워 두 손으로 건네주었다.

"감독님, 우리 어디까지 얘기했었죠?"

도준이 활기를 되찾은 목소리로 물었다. 스스로도 어쩔 수 없는 남자라는 생각이 들어 웃음이 났다. 아름다운 여자가 곁에 있으니 잃었던 자신감이 용솟음치고 있었다.

BIG LIFE

[베스트셀러 '스무 살의 여름' 올 여름 개봉 목표로 영화화.]

[인기 배우 박도준, 영화 '스무 살의 여름(가칭)' 주연으로 캐스팅 확정. 상대역은 누구?]

[영화화 결정된 '스무 살의 여름' 원작 도서 무서운 속도의 판매고. 100만 부 고지가 눈앞에.]

[투자 배급사 뉴던, '제작비는 50억 원 이상이 될 것.']

[원작 작가 하재건, 판권 가격이 무려 2억?]

'박도준……?'

재건의 얼굴에서 졸음기가 달아났다.

밤새도록 글을 쓰고 일어난 나른한 오후였다. 커피 한 잔을 마시며 접속한 인터넷에는 '스무 살의 여름'과 관련된 온갖 뉴스가 쏟아져 나오고 있었다. 그 많은 뉴스 중에서 가장 그의 시선을 끄는 건 박도준이라는 이름의 배우였다.

'이 사람 어디서 봤는데…… 아!'

재건은 작가의 밤에 출연하느라 방송국에 갔던 날을 떠올리고 손가락을 튕겼다. 화장실에 두고 간 도준의 핸드폰을 되찾아 줬던 일이 기억났다. 그 일로 도준으로부터 음료수도 한 캔 얻어마셨지 않은가.

'인기 많은 배우네. 이 사람이 주연이구나.'

재건은 '스무 살의 여름'을 완전히 잊기로 마음먹은 상태였다. 시나리오 작가 문제는 해결했고 명석은 2억 원의 판권료를 받아냄으로써 약속을 지켰다. 이제 나머지는 자신의 영역이 아니라는 생각이었다.

'데뷔한 지가 오래됐네? 나이는 나랑 동갑이고.'

재건은 도준을 검색하면서 이런저런 정보를 접했다. 자신의 소설 주인공을 맡게 된 배우인 만큼 어쩔 수 없이 흥미가 동했다. 도준이 출연했던 전작들이 보고 싶어질 정도였다.

드르륵!

핸드폰이 울리며 명석으로부터 전화가 걸려왔다. 재건은 뉴스를 보던 시선을 거두고 핸드폰을 손에 들었다.

"네, 편집장님."

–안녕하세요, 선생님. 뉴스 좀 보셨어요?

"네, 안 그래도 지금 막 봤어요. 박도준이라고…….

—연기 잘해요. 인기도 많고요. 키가 좀 크긴 한데, 그래도 주인공 역할 잘 소화해 낼 수 있을 거라고 생각해요.

"그랬으면 좋겠어요."

—오늘은 드릴 말씀이 몇 가지 있어요. 일단 우재훈 감독님 쪽에서 제작 보고회에 선생님도 참가해 주셨으면 좋겠다고 연락이 왔어요.

"제작 보고회요? 그거 감독과 배우들만 나오는 거 아닌가요?"

—스무 살의 여름은 원작이 워낙 주목받고 있잖아요. 원작자가 참여하는 경우도 드물지 않아요. 괜찮으시죠?

"네, 딱히 무리는 없습니다."

—그리고 하나 더요. EBC 채널에서 작가의 서재 출연해 주실 수 없겠냐고 섭외가 들어왔어요. 작가의 서재 아시죠?

"아아, 네. 몇 번 봤습니다."

재건이 고개를 끄덕이며 대답했다. 이따금 좋아하는 작가들이 출연하는 경우가 있어서 본 적이 있는 프로그램이었다. 초반 20분은 진행자가 작가의 집에 찾아와 함께 둘러보며 대화를 나누고, 나머지 30분은 스튜디오에서 패널들과 함께 토크쇼로 진행되는 방식이었다.

—라디오하고는 파급력을 비교할 수도 없어요. 제작 보고회는 꼭 안 가셔도 되지만 이건 나가셨으면 합니다.

대답을 듣기도 전에 명석은 강력하게 주장하고 나섰다. 재건은 아직도 작년과 꼭 같은 자신의 원룸을 돌아보며 걱정스레 물었다.

"저 원룸 살잖아요, 편집장님. 서재라고 해봤자 책장 하나 뿐이고요. 이런 곳에 촬영할 거라든가 얘깃거리가 있을까요?"

명석이 웃음부터 터뜨리고는 대답했다.

—전 그래서 더 좋다고 생각하는데요?

"더 좋다고요?"

—네, 시청자들이 보고 뭐라고 생각하겠어요. 이렇게 대단한 글을 여럿 써내신 선생님의 작업실이 비좁은 원룸이라고? 이야, 역시 환경은 아무것도 아니구나. 정말 노력하는 사람이구나, 검소하구나, 멋지다 등등……. 반향이 상당할 거라고 생각해요.

"으음, 네…… 알겠습니다. 편집장님께서 꼭 나갔으면 좋겠다고 하시니 그럼 출연할게요."

재건은 명석과 얼마간 더 대화를 한 후 전화를 끊었다.

리카의 밥을 챙겨주고 자신이 먹을 라면을 끓이기 시작한 직후, 이번에는 태원으로부터 전화가 걸려왔다.

"네, 대표님."

—뉴스 봤어요! 주연배우가 박도준이라면서요? 인기가 하늘을 찌르는데 영화도 대박 나겠어요.

"하하, 그건 결과를 봐야겠죠."

-아, 그리고 소미 씨하고 통화했는데요. 하 작가님이 소미 씨한테 삽화는 사비로 하겠다고 말씀하셨다면서요?

"아, 네. 삽화 장수도 많고 그래서요."

-그러지 마세요. 하 작가님처럼 인기가 정점을 찍는 분한테 삽화 비용 사비로 받으면 저 욕먹어요. 전부 래프북스에서 알아서 할게요. 표지 30에 흑백 삽화는 장당 10으로 소미 씨랑 이야기 끝냈어요.

"죄송합니다. 삽화 많이 넣고 싶은 로망이 있어서요."

-죄송하실 거 없으세요. 아, 종이책으로도 찍을 거예요. 창고 괜히 임대한 게 아니니까요. 조만간 더 브레스랑 한꺼번에 찍을 거고 다시 말씀 드릴게요.

"네, 대표님."

-맞다, 깜박할 뻔했는데 제목은 정하셨어요?

"으음…… 그게요."

재건이 말끝을 흐리며 식어가는 라면을 내려다보았다.

새로운 소설을 쓸 때마다 맞닥뜨리게 되는 고통.

소설의 제목을 짓는 일이었다.

"던전의 판매왕 어떤 거 같으세요?"

-음, 다른 건 없으세요?

"나는 던전에서 장사한다는요?"

-문장 형태는 라이트 노벨 제목 같아서 좀 그러네요. 다른 건요?

"내 손님은 용사들은요?"

-저기, 하 작가님. 죄송한데 제목은 제가 한번 고민해 보는 게 좋을 것 같아요. 저한테 맡겨주시죠.

"알겠습니다. 부탁 좀 드리겠습니다."

전화를 끊고 난 재건은 무거운 한숨을 내뱉으며 젓가락을 집었다. 작명에 관해서 애석하리만치 재능이 없음을 다시금 실감했다. 그는 영혼 없는 표정으로 다 식은 라면을 기계처럼 먹기 시작했다.

3장
사막을 벗어나야지

“네? 그게 정말이에요?”

-네, 제가 완결권이라고 보고 자료 받았는데 이상해서요. 잘못된 거 맞죠?

스타북스 사무실 편집부.

창고 영업자의 전화를 받은 이 대리는 놀라서 벌어진 입을 틀어막았다. 어깨를 움츠리고 주위를 둘러보니 다행히 아무도 없었다.

“아, 알겠어요. 제가 금방 다시 연락드릴게요.”

전화를 끊고 난 이 대리는 부랴부랴 소미를 찾아 사방을 헤맸다. 사무실 내에는 없어 밖으로 나서니, 화장실에서 막 나오고 있는 소미가 보였다.

"소미 씨, 나랑 얘기 좀 해."

"네, 언니."

"여긴 안 되고 다른 데 가서."

이 대리는 의아해하는 소미를 데리고 인적 드문 비상구 쪽으로 향했다. 그러고는 위아래로 듣는 귀가 없음을 확인한 다음 작은 목소리로 물었다.

"풋볼라운드 소미 씨지?"

"네? 네, 그런데요?"

"완결권이 완결 표시가 안 됐다고 연락 왔어!"

소미는 소스라치게 놀라 안색마저 새파래졌다. 계속되는 편집장의 정신적인 공격에 회사 생활이 즐겁지 않았던 탓일까. 지금까지의 직장 생활 중 이토록 큰 실수를 저지른 적은 없었다.

"죄송해요, 언니……! 제가 정신이…… 어쩌죠?"

"원칙은 전량 회수야. 근데 손해가 크니까 수를 좀 써야지. 나한테 맡겨."

"어, 어떻게 하시려고요?"

"금박 넣어야지. 표지 뜯어가지고 완결 자를 인쇄하지 말고 박을 박으면 돼. 이러면 손해액 100만 원까지도 안 갈 거야."

이 대리가 겁에 질린 소미의 어깨를 다독였다.

"배본되기 전에 창고에서 발견돼서 다행이야. 내부적으로 수습할 수 있게 됐잖아. 너무 걱정하지 마. 끽해야 시말서 쓰는 걸로 끝날 거야."

소미는 아무런 말도 못 하고 두 손바닥에 얼굴을 묻은 채 고개만 끄덕였다. 이 대리가 아니었다면 하루하루 지옥이 되어 가는 이 직장을 벌써 뛰쳐나왔을 것이다. 스스로가 한심스러워서 자꾸만 눈물이 나왔다.

이 대리는 능숙하게 문제를 해결해 주었다. 출판사 생활이 긴 만큼 몇 번인가 경험해 본 일이기도 했다.

그렇다고 소미의 괴로움이 가시는 것은 아니었다. 바늘방석이 된 자신의 자리에 앉아 여전히 고통스러워하고 있었다.

그날 오후.

출장을 나갔던 편집장 경욱이 굳은 얼굴로 사무실에 돌아왔다. 발소리만 듣고도 소미는 흠칫 몸을 떨었다. 불길한 예감은 실현되었다. 자신의 등 뒤에 우뚝 선 경욱의 존재를 똑똑히 느낄 수 있었던 것이다.

"정신을 어디다 두고 사는 겁니까?"

경욱이 소미의 책상 위로 책 한 권을 툭 던졌다. 금박으로 완결 표시가 새겨진 바로 그 책이었다. 소미는 자리에서 일어나 돌아서서는 떨리는 입술을 가까스로 열어 대답했다.

"정말 죄송합니다. 다시는 이런 일이 없도록 주의하겠습니다."

"아니, 주의하실 거 없어요."

"네?"

소미가 두 눈을 동그랗게 뜨고 반문했다. 경욱이 코웃음을 치며 답답한 넥타이를 풀었다. 그러고는 내려다보는 듯한 눈빛으로 던지듯이 말했다.

"소미 씨, 그냥 좀 제 발로 나가주면 안 되나?"

"……?!"

소미의 가슴이 철렁 내려앉았다. 그간 '당고머리'를 시작으로 온갖 언어 공격을 당해왔지만 그래도 자잘하게 참고 넘어갈 수 있는 부분이었다. 하지만 지금 들은 말은 달랐다. 경욱은 말 그대로 퇴사를 요구하고 있었다.

"소미 씨 하나 때문에 회사가 난장판이 되어가고 있다는 걸 모르겠어요? 작가들은 줄줄이 딴 데로 새고, 매출은 계속해서 떨어지고, 하는 일도 없으면서 작가 접대에 돈은 돈대로 쓰고. 오늘은 완결권에 금박을 입히게 만들어? 스타북스 편집장인 내 체면을 이렇게 깎아놓다니!"

소미는 고개를 떨어뜨린 채 벌벌 떨고만 있었다. 오늘의 실수는 당연히 자신의 잘못이고 뼈저리게 통감하는 중이다. 하지만 나머지 이야기들은 절로 눈물이 배어 나올 만큼 억울한 것이 솔직한 심정이었다.

최고라고 자부할 수는 없지만 열심히 일했다. 야근을 거듭

하면서 체력의 한계에 다다를 때까지 할당량 이상의 업무를 소화했다. 작가 접대도 이달 들어 고작 한 번뿐으로, 일본식 라면 2인분 값 1만 4,000원이 그녀가 쓴 회사 돈의 전부였다.

'치졸한 새끼……!'

등 뒤의 이 대리는 부글부글 끓는 속으로 경욱에게 욕을 퍼부었다. 사시나무처럼 벌벌 떠는 소미의 모습이 안타까워 견딜 수가 없었다.

"에휴, 이러니 내가 누굴 믿고 편집부를 끌어가나."

경욱은 넌더리가 난다는 듯이 도리질을 하며 자신의 자리로 가 털썩 앉았다. 여전히 우두커니 서 있는 소미에게 시선을 던지며 그가 내뱉었다.

"옥탑방 네크로맨서 1, 2권 내일 아침까지 편집 끝내요."

"……."

소미는 대답하지 못했고 이 대리의 얼굴에선 핏기가 가셨다. 초교도 거치지 않은 신작이다. 4명이서 달라붙어도 하루 안에 편집을 끝내기란 쉽지 않으리라. 불가능하다는 걸 뻔히 알면서도 이런 지시를 내렸다는 건 정말로 해고시킬 마음이 있다는 것일까.

"정소미 씨, 내 말 안 들려요?"

"알겠…… 습니다."

"알겠다고요? 허, 참나."

경욱이 다시 옷을 챙겨 사무실을 나섰다. 오늘은 대표이자 아버지인 재국이 없는 날이었다. 이런 날은 무슨 일이 그리 바쁜지 하루 중 태반을 밖에서 보내곤 했다.

"소미 씨, 어떡하려고 그래?"

경욱이 나가자마자 이 대리가 의자를 끌고 다가왔다.

소미는 애써 웃음을 지으며 대답했다.

"야근해 봐야죠. 집 컴은 사양도 낮고요."

"이게 혼자서 될 일이야?"

바로 그때, 잠자코 앉아 있던 고 대리가 일어서더니 뒷머리를 긁적이며 쭈뼛쭈뼛 다가왔다. 평소 편집장에게 아부하고 소미를 비롯한 아랫사람들을 홀대했던 그마저 지금 이 순간은 쉽게 넘어갈 수가 없었던 것이다.

"소미 씨, 나도 좀 도와줄까?"

"어머, 고 대리님이 무슨 바람이 불어서?"

"같은 편집부끼리 도와줄 수도 있는 거죠, 뭐. 소미 씨한테 그간 도움도 여러 번 받았고……."

파티션 너머에서 다른 직원이 고개를 쏙 내밀었다.

"저도 도울게요."

"윤 대리도? 뱀파이어 메이드 끝냈어?"

"2시간이면 끝나요. 소미 씨, 나중에 맛있는 거 사?"

고개를 떨어뜨린 소미의 두 눈에서 눈물이 왈칵 솟았다.

도움의 손길을 뻗는 동료들의 마음이 고마웠고, 또 그래서 설움이 단숨에 북받쳐 올랐다.

"하여간 울보야, 울보. 뚝 안 그쳐?"

이 대리가 아이 달래듯 말하며 소미의 어깨를 다독였다.

잠시 후, 고개를 든 소미는 젖은 얼굴로나마 활짝 웃으며 고개를 가로저었다.

"제 힘으로 혼자서 할게요."

"소미 씨……."

"모두가 도와주시면 내일 아침까지 해낼 수 있겠지만, 그럼 또 다른 문제가 생길 거예요. 이건 결과가 어떻게 되든 저 혼자서 해야 하는 일인 것 같아요. 말씀들은 정말 감사해요. 하지만 제가 알아서 할게요."

소미의 말에 모두가 꿈에서 깨어나 현실로 돌아왔다.

도와줄 수 있는 일이라곤 하나도 없다. 자신들이 나선다고 좋아질 일이 아니다. 오히려 소미가 느낄 고통만 가중시키게 될 것이다.

이어지는 정적은 애초에 직장 생활이라는 게 이런 것이라 말하고 있는 듯했다.

타다닥! 타다다닥! 타닥! 탁!

소미는 홀로 사무실에 남아 분투하고 있었다. 시간은 어느덧 8시 남짓. 소미의 자리만을 제외하고 소등한 사무실은 어두웠다. 들려오는 것은 쉬지 않고 두드리는 타자 소리뿐이었다.

"소미 씨, 그만하고 나와요."

"……?!"

갑작스런 목소리에 소미가 놀라서 고개를 치켜들었다. 경욱이 짐짓 울적한 표정을 지으며 사무실로 들어오고 있었다.

"가방 챙겨서 나와요. 저녁 먹읍시다."

"괜찮습니다. 배고프지 않아요."

"아깐 내가 심했어요. 차분하게 저녁 먹으면서 편집부 돌아가는 이야기나 좀 나눕시다."

소미는 일순 혼란스러웠다. 한동안 자신을 괴롭혀 왔던 모습과는 사뭇 달라진 분위기였기 때문에.

"어서요."

솔직히 말해서 함께 저녁을 먹고 싶지 않았다. 이 대리에게 치근덕거렸던 전적도 들어서 알고 있다. 하지만 이곳은 소중한 직장이고 그는 상사다. 아직 사회 초년생인 소미는 얼떨결에 자리에서 일어날 수밖에 없었다.

경욱이 소미를 데려간 곳은 빌딩 아케이드 식당가의 한 퓨전일식집이었다. 그는 소미의 의향을 묻지도 않고 참치 3종 안주와 사케를 주문했다.

"한 잔 받아요."

“아니에요, 술 마시면 일을 못해서요.”

“그걸 어떻게 내일까지 소미 씨 혼자서 해요? 해본 소리였으니 그 일은 잊어요. 자, 어서.”

소미가 마지못해 술을 받아 건배했다. 살짝 경욱을 살펴본 소미는 이미 전작이 있었음을 직감했다. 얼굴이 온통 울긋불긋했다. 사무실에서는 어두워서 미처 알아보지 못했다.

“소미 씨, 우리 융통성 있게 일합시다.”

빈 잔에 술을 따르며 경욱이 말을 이었다.

“일머리라는 게 말이에요. 사내 인간관계도 포함된 거예요. 소미 씨 일 열심히 하는 거 알아요. 그런데 융통성이 부족해. 뭐, 거야 아직 1년 차니까 그럴 수 있다 쳐요. 음, 내가 알지.”

경욱이 느닷없이 테이블 위로 팔을 뻗었다. 그러더니 잔을 쥐고 있던 소미의 손을 덥석 잡았다. 소미는 경악한 나머지 손을 잡힌 채로 얼어붙었다.

“이렇게 손이 차가워서……. 수족냉증 아니에요? 사무실에서도 장갑 하나 끼고 작업을 하시지. 불편한 거 있으면 기탄없이 다 나한테 말해요. 알겠죠?”

등골이 서늘해지는 와중에도 소미는 깨달았다.

사람은 절대로 쉽게 변하지 않는 동물이라는 것을.

발끝에서부터 시작된 떨림이 온몸을 뒤덮었다.

경욱은 다른 한 손마저 뻗어 두 손으로 소미의 손을 꾹꾹 누르고 있었다.

"우리 여기 후딱 마시고 2차 갈까요? 내가 분위기 좋은 바를 하나 아는데. 내가 생각해 보니, 업무적인 걸 제외하고는 소미 씨가 뭘 좋아하는지 잘 몰라. 하하하."

바로 그때, 테이블 위에 둔 핸드폰이 흔들리면서 액정이 빛을 밝혔다. 화면에 뜬 이름으로 소미의 시선이 갔다.

'하재건'이라는 세 글자가 그녀의 두 동공에 또렷하게 아로새겨지고 있었다.

"지금 뭐 하시는 겁니까? 편집자시잖아요."

"저 통조림 좀 해주세요."

"같이 쓸 만하네요. 좀 작긴 하지만, 가요."

"이 정도로 잘 그리시는데 재능이 없다고요? 너무 속단하신 거 아니에요, 소미 씨?"

'하 작가님……!'

밤하늘의 별처럼 많은 재건의 얼굴과 목소리가 그녀의 머릿속에 휘몰아치기 시작했다. 동시에 거짓말처럼 오한이 사라지고 온몸의 떨림이 멎었다. 재건이라는 존재가 곁에 있었음을 되새기는 것만으로 더없는 용기가 생겨나고 있었다.

바로 직후, 소미는 손가락 가득 힘을 주었다.

우두둑!

“아야야야야얏!”

경욱이 외마디 비명을 내지르며 두 눈을 허공으로 치켜떴다. 손님들의 이목이 집중된 가운데, 소미는 경욱의 손가락을 꺾으며 일어서고 있었다.

“아야야, 소, 소미 씨! 갑자기 이게 무슨……!”

경욱은 소미의 손에 손가락이 꺾인 채 바지에 똥을 싼 사람처럼 엉거주춤 테이블 옆으로 끌려 나왔다. 소미는 입술을 앙다물고 노려본 끝에 다른 손을 들어 경욱의 뺨에 대고 세차게 날렸다.

짝!

“흐끅?!”

경욱의 고개가 모로 홱 꺾였다. 일순 눈앞에서 불똥이 튀는 걸 경험한 참이었다.

이것으로도 끝이 아니었다. 오늘따라 평소의 둥그스름한 운동화가 아닌 뾰족한 소미의 구두 끝이 경욱의 정강이를 힘껏 가격했다.

빠각!

“어어어어억……!”

경욱이 육중한 몸을 지탱하지 못하고 식당 바닥에 무릎을

끓었다. 이제 주변 손님들은 눈길을 던지는 정도가 아니라 자리에서 일어서면서까지 소미의 반격을 구경하는 중이었다.

"그 나이 먹고 그렇게 할 짓이 없어요? 일이라고는 코딱지만큼도 안 하면서 대표 아들이라는 이유 하나만으로 거들먹거리기나 하고. 편집장이라고 불러주기도 민망할 만큼 당신 무능해. 그거 알아?!"

"이, 이게 지금 무슨……?!"

경욱은 양손으로 각각 맞은 뺨과 정강이를 문지르며 아연실색했다. 지금 이 순간이 꿈이라고 생각될 정도였다. 항상 고분고분해서 만만하게 여겼던 소미가 지금 자신에게 무슨 짓을 하고 있는 것인가.

"하는 일이 아예 없지는 않네요. 되지도 않는 억지 부리고, 여직원들에게 치근덕거리기나 하고. 고마워요, 마음 편하게 그만둘 수 있게 도와줘서. 제발 정신 좀 차리세요. 작품이 아니라 본인 인성부터 편집하라고요."

술집의 누군가가 벌떡 일어나 우레와 같은 박수를 쳤다. 넥타이를 길게 늘어뜨린 직장인이었다. 그를 따라 여기저기에서 취한 듯한 직장인들이 환호하며 박수갈채를 보냈다. 저마다 직장에서 얻은 스트레스를 소미를 통해 해소하고 있었다.

"그럼 고생하세요. 남은 참치 잘 드시고요."

소미가 가방을 챙겨 휑하니 식당을 나섰다. 한 취객이 아직도 정신을 차리지 못하고 널브러져 있는 경욱에게로 다가갔다. 그러고는 입술을 달싹이며 욕을 내뱉더니 다짜고짜 경욱의 얼굴에 술을 끼얹었다.

"우와, 너는 또 뭐하는 새끼야!"

고성 속에서 경욱과 취객의 멱살잡이가 시작되었다.

그리고…… 소미는 스스로의 힘으로 당당하게 서울의 밤거리를 헤쳐 가고 있었다. 더 이상 그 무엇도 두려워하지 않기로 했다. 이 길 끝에 재건이 있다고 생각하면서 그녀는 한시도 걸음을 늦추지 않았다.

BIG LIFE

EBC 프로그램 '작가의 서재' 촬영은 예정대로 재건의 원룸에서부터 시작되었다.

좁다란 방이 복닥복닥했다. EBC 아나운서이자 진행자 박혜상을 비롯해 PD와 스태프들, 그리고 명석까지 동석하고 있었다. 차 여러 대가 늘어선 건물 앞에도 사람들이 즐비했다.

"글을 처음 쓰시기 시작한 것은 언제부터세요?"

단아한 드레스 차림의 혜상이 물었다. EBC 간판 아나운서답게 외모와 더불어 목소리에서까지 지적인 아름다움이 물씬 배어났다.

마주 앉은 재건은 실물로 접한 혜상의 미모와 자신을 향한 카메라 앞에 어색해하면서도 성의껏 대답을 이어가고 있었다.

"학교 숙제 때문이 아니라, 제 자신의 의지로 쓰기 시작한 건 아마 중학교 1학년 때가 처음이지 않을까 합니다."

"어떤 글이었지요? 소설이었나요?"

"소설이라고 할 수 있을지……. 같은 반 친구들이 등장하는 무협 소설이었습니다. 배경도 중원이 아닌 현대의 학교였고요. 제가 그때 한창 화산고라는 영화를 좋아했었거든요. 혹시 아세요?"

혜상이 미소를 지으며 고개를 끄덕였다.

"알고 있습니다. 당시로서는 무척 획기적인 작품이었지요?"

"네, 그걸 패러디한 내용의 소설이었어요. 거의 베끼다시피 했죠. 혼자 신나서 쓰고 나니 짝이 보여 달라고 하더라고요. 재밌다면서 배를 잡고 웃으면서 읽는 거예요. 그러더니 급기야 반 친구들이 전부 돌려보고……."

혜상을 시작으로 방 안의 모두가 저마다 웃고 있었다.

"친구들이 즐거워하니까 저도 즐거운 거예요. 반 친구들이 첫 독자였어요. 그래서 계속 썼죠. 보통 만화 같은 걸 그려서 곧잘 돌려보고 그러는데, 저는 만화를 못 그리니까 글을 썼어요."

시간이 지날수록 긴장감이 사라지고 재건이 느끼는 분위

기도 편안해졌다. 따지고 보면 작년에 '멍청한 여자'를 출간하고 네이빈과 취재했던 때와 별다른 것도 없었다.

"15분만 휴식하겠습니다."

쉬는 시간이 되어 재건은 명석과 함께 원룸에서 나왔다.

한산한 건물 뒤편으로 나온 두 사람은 각자 손에 든 커피를 마시며 대화를 나눴다.

"20분 방송인데 생각보다 질문이 많고 길어지네요."

"원래 그렇습니다. 그래도 이제 1시간이면 끝나겠는데요. 조금만 더 힘내세요, 선생님."

오늘로 끝이 아니다. 스튜디오에서 진행되는 나머지 30분 프로그램 녹화 일정이 남아 있다. 아마 그때는 지금보다도 더 길어질 것이다.

"아, 선생님. 패널 얘기 아직 못 들으셨죠?"

"네, 아직요. 혹시 정해졌나요?"

재건이 되물으며 커피를 입가로 가져갔다. 이어지는 명석의 대답에 그는 하마터면 입안의 커피를 흘릴 뻔했다.

"애플티 채린 씨로 결정이 났다고 합니다."

재건은 젖은 입술을 손가락 끝으로 훔쳤다. 두 눈은 믿을 수 없다는 듯이 명석을 쳐다보고 있었다.

"그 채린 씨가 어떻게요?"

"섭외가 들어간 건 접점이 있다는 판단이었겠지요. 채린 씨가 SNS 통해서 몇 번이나 선생님 작품을 소개한 적도 있고, 마스크 쓰고 직접 사인받으러 간 적도 있잖아요. 게다가 문학 좋아하는 아이돌 이미지도 강하고요. 뽑아낼 수 있는 이야깃거리나 장면이 많을 거라고 생각했을 겁니다."

재건은 쉽사리 이해되지 않아 고개를 갸웃거렸다. 문학을 좋아한다고 해도 한창 잘나가는 걸그룹의 멤버다. 인지도를 쌓을 수 있는 좋은 프로그램이 얼마든지 널려 있을 텐데 교육 방송 문학 프로그램 출연이라니. '작가의 서재'는 시청률이 퍽 좋은 프로그램도 아니다. 다소 생뚱맞게 느껴지는 것이 재건의 솔직한 심정이었다.

명석의 설명이 이어졌다.

"어떤 작가였는지는 기억이 안 나는데, 예전에 소녀전대 멤버가 패널로 나왔던 적도 있었어요."

"아, 그래요?"

"흐음, 네."

"그리고 채린 씨는 정말로 선생님의 작품을 좋아하니까 출연을 결심한 거 아닐까요. 그렇게 책을 소개하고 사인까지 받으러 갈 정도라면요."

그때 건물 저편에서 스태프 한 사람이 나타나 말했다.

"선생님, 녹화 재개한다고 합니다."

"네, 들어갈게요."

재건은 원룸으로 되돌아가 나머지 녹화를 진행했다.

녹화가 끝이 났을 때 창밖으로는 해가 뉘엿뉘엿 지고 있었다. 재건은 이마의 땀을 닦으며 한숨을 내쉬었다.

"수고하셨습니다, 선생님. 이건 스튜디오 일정과 대본입니다."

"고맙습니다."

두툼한 서류 뭉치를 받아 드는 재건에게 스태프가 말을 이었다.

"방송 말미에 소개하실 타 작가님의 소설 한 작품도 준비 부탁드립니다. 가장 좋아하시는 작품이나 아니면 최근 감명 깊게 읽으신 거라도 상관없습니다."

"알겠습니다. 준비할게요."

스태프들이 저마다 장비를 챙겨 떠날 채비를 서둘렀다. 몇 걸음 떨어진 곳에서 PD와 대화를 나누고 있던 아나운서 혜상이 재건 쪽을 힐끗거렸다. 무심코 그쪽을 바라본 재건과 시선이 마주치자 그녀는 멋쩍게 웃으며 고개를 숙여 보였다.

"금세 조용해졌네요."

방송국 사람들이 전부 떠나고 난 뒤 명석이 말을 꺼냈다.

"선생님은 이제부터 계획이 어떻게 되십니까?"

"작가 사무실에 들어가 보려고 합니다. 신작으로 나올 판타지 소설 마무리할 것이 있어서요."

명석이 새삼스레 감탄한 표정으로 고갯짓을 하며 웃었다.

그런 그의 표정을 보면서 재건은 망설였다. 이제는 명석의 정체를 예전보다는 많이 알게 됐다. 그래서 한 사람의 작가로서 묻고 싶은 점이 생겼던 것이다.

그런데 명석이 먼저 선수를 쳤다.

"지나가듯 말씀드린 적이 있었는지 모르겠지만 말입니다. 하 선생님은 정말 대단하십니다. 장르 쪽의 재미는 문단과 본질적으로 다르고 한 사람의 작가가 양쪽을 전부 아우른다는 게 결코 쉬운 일이 아닌데요."

"장르 소설에 대해서 좋게 보시는 건가요?"

명석이 이상하다는 듯이 두 손바닥을 하늘 쪽으로 뒤집어 보였다.

"말 그대로 장르일 뿐인데 그걸로 호오를 가른다는 게 말이 될까요. 작품 하나하나 개별적으로 좋고 나쁨을 따질 순 있겠죠. 하지만 장르 소설이라는 이유만으로 전체를 싸잡아서 외면하는 건 편협한 일이죠."

"말씀만으로도 시원하네요."

"서로 다른 걸 인정해야지 높고 낮음을 두고 싸우고 있으니 말입니다. 사실 저도 평소에 무협지 엄청 봅니다."

“정말이세요?”

명석이 하늘을 우러러 평소보다 크게 웃었다.

“저라고 주야장천 문단 소설만 읽겠습니까? 용대원 작가님 좋아합니다. 최근 들어 연재 속도도 빨라지셨고요.”

명석이 재건을 향해 한쪽 눈을 찡긋거렸다.

“풍천유 작가님의 무림지존록도 즐겁게 읽었습니다. 책도 샀으니 나중에 사인받고 싶네요. 풍천유 작가님이랑 친분 있으시죠? 부탁드립니다.”

명석이 농담조의 질문으로 자신의 말을 마무리했다. 재건은 자신의 발등을 내려다보며 웃었다. 편집장의 새로운 면을 발견한 느낌이랄까. 또 한 걸음 가까워진 기분도 들었다.

“아차, 선생님 일정에 차질이 빚어지지 않으려면 제가 빨리 떠나야겠군요. 그럼 다음엔 방송국에서 뵙지요.”

“조심히 들어가세요.”

명석을 보내고 난 재건은 리카와 함께 부천의 작가 사무실로 이동했다. 민호가 자신의 자리에서 분투하고 있었다. ‘마왕재림’의 완결을 목전에 둔 그의 집중력은 대단해서 재건이 들어왔다는 사실조차 깨닫지 못하고 있었다.

재건은 방해하지 않으려고 조용히 자신의 자리에 앉았다. 시야에 들어온 리카를 언뜻 보고서야 비로소 민호가 고개를 치켜들었다.

"언제 오셨어요, 하 작가님?!"

"방금요. 엄청 집중하시는데요? 비축 없으세요?"

"아니요. 이상하게 완결 다가오니까 잘 써져서요. 빨리 쓰고 차기작 연달아 내야죠."

"대단하시네요."

"이게 다 하 작가님 덕분입니다."

"장은영 작가님은요?"

"찬거리 산다고 나갔어요. 질편한 룸메이트 반응 좋다고, 오늘 하 작가님이랑 권 대표님도 오시는 날이니 자기가 저녁 제대로 대접하겠다고 하더라고요."

두 사람이 커피를 마시며 대화를 나누는 사이.

삐삐삐삐.

비밀번호를 입력하는 소리와 함께 현관문이 열렸다. 태원의 희희낙락한 얼굴이 문틈을 비집고 들어왔다. 재건이 웃으며 인사를 건넸다.

"표정이 왜 그렇게 좋으세요? 로또라도 당첨되신 것 같아요."

"로또 맞았죠."

"네?"

"아주 예쁘고 귀엽고 일 잘하는 초엘리트 신입 직원이 래프북스에 들어왔거든요. 같이 왔는데 소개시켜 드려도 되죠?"

재건은 어안이 벙벙해졌다. 민호는 재빨리 거울을 보며 흐트러진 자신의 머리를 매만지고 있었다. 이윽고 태원은 문을 활짝 열어 신입 직원의 모습을 공개했다.

"소미 씨……?!"

절로 놀란 목소리가 튀어나오는 재건이었다.

태원이 소개한 신입 직원은 다름 아닌 소미였다. 여느 때처럼 체크 남방에 청바지와 운동화, 그리고 백팩을 멘 익숙한 모습으로 수줍게 웃고 있었다.

"안녕하세요, 래프북스 정소미 대리입니다. 앞으로도 잘 부탁드리겠습니다."

소미가 허리를 90도로 숙이며 활기차게 인사했다.

여전히 얼떨떨하기만 한 재건에게 그녀는 덧붙였다.

"대리로 승진했어요. 헤헤."

"스타북스는…… 그만두신 거예요?"

소미가 묵묵히 고개를 끄덕였다. 태원 쪽에서도 곁들이는 설명이 없었다. 자세한 사정은 차차 말하겠다는 무언의 의지가 엿보였기에 재건은 일단 더 묻지 않기로 했다.

"어머, 소미 씨도 온 거예요?"

닫히지 않은 등 뒤의 문으로 나타난 은영이 화들짝 놀라며 물었다. 소미는 그녀의 양손 가득한 장바구니를 받아 들며 대답했다.

"안녕하세요, 장 작가님. 저 이제부터 래프북스 직원이에요. 아마 장 작가님 작품들 비롯한 로맨스를 주로 담당하게 될 것 같아요. 잘 부탁드릴게요."

"저야말로 잘 부탁드려야죠. 소미 씨가 전담 편집자라고 생각하니까 완전 좋다."

"너무 좋아하시기는 일러요. 수시로 사무실 드나들면서 작가님들 통조림할 거예요."

"저녁 맛있게 해드릴 테니까 봐줘요. 아, 넉넉하게 사오길 잘했네. 조금만 기다리세요들."

민호가 양팔의 옷소매를 걷으며 도우러 나섰다.

"몇 마리나 산 거야? 히익, 5마리? 이거 다 할 거야?"

"다 해야지. 별로 안 커."

"아니, 이게 다 들어갈 냄비나 있어, 지금?"

음식이 준비되는 동안 재건은 태원과 함께 복도로 나섰다. 아무도 없는 복도 끝머리에서 태원은 차분하게 그간의 일을 설명했다. 재건은 굳은 표정으로 잠자코 이야기를 듣고 있었다.

"……저도 이 대리 연락받고 알게 된 거예요. 소미 씨가 겁에 질려서 전화를 걸어왔대요. 스타북스 편집장이 그냥 안 넘어갈 거라고 협박조로 을러댔다 하더라고요."

"그래서 어떻게 해결하신 거예요?"

"술집 사장이랑 연락했어요. 스타북스 재직할 때 단골이었고 지금도 종종 보는 사람이라 대화도 편했죠. CCTV 확보했다고 전화했더니 바로 꼬리를 말아버리던데요. 성추행 건으로 확대되면 본인만 괴롭겠죠."

태원이 어두워진 창밖을 향해 한숨을 내쉬었다.

"이렇게 지내고 있을 줄은 몰랐어요. 소미 씨가 특별히 내색하는 스타일도 아니고. 이럴 줄 알았으면 진즉 래프북스로 불러들이는 건데. 이제라도 잘 마무리돼서 다행이죠."

"그러게요……."

미안한 마음만큼 목소리가 작아지는 재건이었다. 먼저 말한 적이 없으니 몰랐다고 해도 울적한 기분이 가시는 건 아니었다.

무척 괴로웠을 텐데.

항상 웃음을 잃지 않은 소미가 애틋했다.

"아, 양 작가님 말씀 안 드렸구나."

태원이 손가락을 튕기며 침체된 분위기를 전환했다.

"슬래터 완결까지 원고 다 보내셨어요."

"그래요? 그럼 지금은요?"

"신작 구상하는 중인데, 초고 5만 자 나오면 보내주겠다고 하시던데요. 주유소에서 계속 일하시겠대요. 몸도 익숙해졌고요."

"사무실로 돌아오라고 말씀 안 하셨어요?"

태원이 과장된 몸짓으로 상체를 뒤로 젖히며 웃었다.

"여긴 하재건 작가 사무실인데 저한테 무슨 권한이 있다고요. 저, 화장실 급해서 먼저 들어갑니다."

혼자 남은 재건은 핸드폰을 꺼내 들었다. 그는 메시지를 보내려던 손가락을 거두고 통화 아이콘을 끌어당겼다. 현경은 금세 전화를 받았다.

–하, 하 작가님……?

"별고 없으시죠?"

현경은 잠시 말이 없었다. 재건은 가만히 이어질 말을 기다렸다. 전파 저편 현경의 공간은 많은 사람이 드나드는 듯 끊임없는 소란이 계속되고 있었다.

–영양제 잘 먹고 있습니다. 덕분에 건강도 잘 챙기고 있습니다.

재건은 아무도 없는 복도 주변을 두리번거리며 뒷머리를 긁적였다. 열린 사무실 문을 통해 벌써부터 맛있는 음식 냄새가 흘러나오는 중이었다.

"일은 끝나셨어요?"

–네, 오늘은 오전이어서요.

"아직 저녁 전이시겠네요. 장 작가님께서 오리백숙 만들고 계세요. 많이 하셨으니까 드시러 오세요."

–제가 면목이 없어서…….

“30분 내로 안 오시면 슬래터에 악플 달 거니까 그렇게 아세요. 그럼 끊을게요.”

—하, 하 작가님?!

전화를 끊은 재건은 사무실로 돌아와 음식 준비를 도왔다.

약 15분이 지났을 때, 현경이 벌건 얼굴로 거친 숨을 몰아쉬며 등장했다. 가장 먼저 민호가 놀란 웃음으로 맞았다.

“아이구, 이게 누구야? 가내 금융 업자가 돌아오셨네.”

“하 작가님께서 빨리 저녁 먹으러 안 오면 악플 단다고 하셔서요…….”

현경의 말에 모두가 웃었다. 더 이상 자세한 말을 꺼내는 사람은 없었다. 할 말도 없었고 할 필요조차 없었다. 현경의 손길이 보태지면서 저녁 식사 준비가 한층 빨라졌다.

‘우선은 안심해도 되는 거겠지.’

지나간 과거는 묻어버리면 된다. 중요한 것은 내일이다. 소미와 하고 싶은 이야기도 많았지만 화기애애한 분위기와 함께 묻어두기로 했다.

BIG LIFE

어긋났던 톱니바퀴가 하나씩 수리되어 제자리를 찾았다.

작가 사무실은 예전보다 시끌벅적해졌다. 현경은 지옥과

도 같았던 주유소 기숙사를 떠나 복귀했고 래프북스 직원이 된 소미는 이틀에 한 번 꼴로 출근 도장을 찍고 있었다.

"하 작가님, 오스카의 던전 3권 삽화 러프 좀 봐 주시겠어요?"

"좋은데요? 걸리는 거 없어요. 이대로 부탁드릴게요."

재건의 신작 판타지 소설의 제목은 '오스카의 던전'으로 정해졌다. 모두가 머리를 싸매고 고민했지만 그럴싸한 제목이 나오지 않았다. 그러던 중 소미가 주인공의 이름을 따서 지으면 어떻겠냐고 제안했고 지친 재건은 바로 승낙했던 것이다.

작업은 빠르게 진행되었다. 가장 큰 역할을 한 사람은 단연 소미였다. 5권 분량까지 나온 재건의 원고를 꼼꼼하게 편집했고, 표지를 비롯해 권당 5~6장에 달하는 흑백 삽화까지 빠른 속도로 완성해 내고 있었다. 당장 내일이라도 2권까지는 출간할 준비가 갖춰졌다.

"종이책으로 내는 게 맞아요, 이건."

나온 삽화들을 보며 재건이 하는 말이었다.

"플랫폼마다 서비스 방식이 달라서 그림이 어그러지거나 중간에 첨부하질 못하는 경우가 발생할 수도 있고요. 돈보다 로망인 만큼 오스카의 던전은 종이책으로 내겠습니다."

"네, 작가님. 대표님께도 그렇게 다시 말씀드릴게요."

소미가 핸드폰을 꺼내 들며 자기 자리로 돌아갔다. 재건은 자신의 모니터 화면을 들여다보며 짧은 숨을 토해냈다. 6권부터 전개가 막힌 것이다. 만만하게 떠오르는 스토리들은 있지만 뭔가 석연치가 않았다.

'차분하게 생각하자. 다른 소설을 쓰는 중도 아니고 시간은 많으니까.'

시간이 3시를 넘을 무렵 재건은 겉옷을 챙겨 일어섰다. 오늘은 '작가의 서재' 스튜디오 녹화가 있는 날이었다. 명석과 방송국에서 만나기로 얘기가 되어 있었다.

"잘하시고 오세요, 하 작가님."

소미가 주차장까지 따라와 배웅을 해주었다. 재건은 운전석 문을 열다 말고 그녀를 돌아보며 물었다.

"일찍 오면 저녁 같이 드실래요?"

"녹화 끝나는 거 보시고 다시 말씀하세요."

"알겠어요."

"아, 잠시만요."

소미가 두 손을 뻗어 재건의 삐뚤어진 넥타이를 바로 고쳐주었다. 가까이에서 두 사람의 눈이 맞았다. 소미는 뒷짐을 지고서 한 걸음 뒤로 물러나며 얼굴을 붉혔다.

"그럼 잘 다녀오세요."

"네, 소미 씨도 수고하세요. 리카 잘 부탁드리고요."

방송국에 들르기 전 재건은 대형 서점으로 들어섰다.

'작가의 서재'에서 소개할 타 작가의 소설이 필요해서였다. 이미 도서관에서 읽은 그 소설을 한 권 구입한 재건은 다시 차에 올라 액셀을 밟았다.

BIG LIFE

'작가의 서재' 진행자 혜상의 단아한 미모는 화면 속에서도 눈부신 빛을 발하고 있었다. 스튜디오에 마련된 4개의 좌석 중앙에는 혜상과 재건, 그리고 좌측으로는 패널로 초대된 걸그룹 애플티의 채린과 대중문학 평론가 김대익이 자리하고 있었다.

"스무 살의 여름을 보면 자료 조사를 여간 하신 게 아니라는 생각이 들거든요. 실제로 어떤 과정을 거치셨는지요?"

"주변에서 구할 수 있는 정보를 총동원했습니다. 그중 법의학자셨던 아버지 친구분의 도움이 굉장히 컸습니다."

재건은 침착한 표정으로 대답하고 있었다.

통제실의 PD는 의외라는 듯이 스태프들을 돌아보며 말을 꺼냈다.

"긴장 안 하고 잘하네?"

"그러게요. 전에 집에서 할 때는 다소 얼어 있었던 것 같은데. 오히려 스튜디오에서 더 잘하네요. 신기하게."

"채린 씨하고 재미있는 얘기 좀 많이 해줬으면 좋겠네. 영

그림 안 나오면 대본대로 가는 거지만.”

“근데 오늘따라 채린 씨는 표정이 왜 저래요? 컨디션 나쁜가?”

“내 말이. 문학 프로 나와서 딱히 긴장할 건더기가 있나? 생방도 아니고.”

사실 그들의 말마따나 채린은 긴장하고 있었다. 소속된 그룹이 처음으로 가요 프로그램에서 1위 후보에 올랐을 때만큼은 아니지만 어쨌든 내내 목이 타는 건 사실이었다. 손이 계속해서 생수병을 집고 있었다.

한 주제의 문답이 끝났다. 평론가 대익의 질문이 이어졌다.

“스무 살의 여름이 판매량 100만 부를 눈앞에 두고 있습니다. 출판 업계와 소비자들도 피해갈 수 없는 불황 속에서 가히 놀라운 성적이라고 할 수 있겠는데요. 소감이 어떠십니까?”

“한국 미스터리 독자 여러분의 저력을 실감했습니다. 최선을 다해서 쓰면 알아주신다는 것을요. 외국 유명 작가들의 장르 소설들만 득세하는 것이 지금 시장의 현실인데, 여전히 신인 티를 벗지 못한 제 작품에 기꺼이 지갑을 열어주셔서 감사드릴 뿐입니다.”

대답을 마친 재건은 가슴이 후련해져 절로 한숨을 내쉬었다. 만약 대본이란 존재가 미리 주어지지 않았다면, 많이 읽어줘서 고마울 뿐이라는 형식적인 대답밖에 내뱉지 못했으리라.

대익의 바통을 채린이 이어받았다. 그녀는 침을 한 번 꿀꺽 삼키고는 재건을 바라보며 질문했다.

"스무 살의 여름 영화는 올 여름 중에 개봉될 예정이고 제작에 박차를 가하고 있다고 하는데요. 원작자로서 달리 제작에 참여하시는 부분이 있으신가요?"

"감독님께서 소개하신 시나리오 작가들 중 한 분을 선택한 것 외에는 없습니다."

"직접 시나리오를 쓰시는 게 아니라는 말씀이시죠?"

"여러모로 의견을 교류한 결과 시나리오 집필에 능숙하면서도 감독님과 작업 방식이 맞는 분께 일임하는 편이 옳겠다고 판단했습니다."

"네에, 그리고 또 한 가지 다소 민감할 수 있는 주제인데요. 판권료가 화제가 되고 있습니다. 국내에서 영화화되는 소설의 원작자로서, 그것도 처음으로 받으신 판권료가 무려 2억 원의 높은 금액인데요. 소감이 어떠신가요?"

"금액보다 저라는 작가의 가치를 인정해 주셨다는 느낌이라 무척 감사하고 있습니다. 저쪽에 계신 편집장님의 역할이 컸습니다."

그렇게 말하며 재건이 스튜디오 외곽에 서 있는 명석 쪽을 힐끗 돌아보았다. 명석은 쓴웃음으로 한쪽 손을 살짝 들어

보였다.

"으음, 네…… 그렇군요."

채린이 고개를 끄덕이며 대답했다.

대본은 여기서 끝이다. 당연히 PD는 그녀의 대답이 여기서 끝나기를 바라지 않고 있었다.

"뭐 해, 더 해야지. 계속 이야기를 끌어가라고. 재밌는 이야기 좀 해봐. 많잖아."

화면 속에서 꿀 먹은 벙어리처럼 앉은 채린을 보고 PD는 애가 탔다. 녹화하기 전에 가능하면 많은 이야기를 거리낌 없이 해달라고 언급도 분명히 해두었다. 걸그룹 리더로서의 생기발랄함은 어디가고 석상처럼 앉아만 있는 건지 답답했다.

바로 그때, 화면 속에서 채린의 두 눈이 동그래지며 광채를 발했다. 곧바로 그녀는 대본을 내려놓고 재건에게 질문을 이었다.

"캐스팅된 배우들에 대해서는 어떻게 생각하세요?"

"굉장히 만족하고 있습니다. 특히 주연을 맡으신 박도준 씨에게 무척 믿음이 갑니다. 사실 제가 TV를 거의 보지 않아서 잘 몰랐던 분인데요. 이번 기회에 몰아서 박도준 씨의 작품들을 거의 다 봤습니다. 연기력도 좋으시고 멋있으셔서 안심입니다."

채린의 얼굴에 단숨에 화색이 돌았다. 소속사 대표와 매니저를 비롯해 소수밖에 모르는 자신의 남자 친구다. 좋아하는 작가로부터 칭찬을 들으니 방송이란 사실마저 잊어버릴 정도로 기뻤다.

재건의 말이 이어졌다.

"사실 예전에 한 번 방송국에서 뵌 적도 있었거든요."

"아, 그러셨어요?"

"네, 모 라디오 방송에……."

프로그램명을 언급해도 괜찮다는 스태프의 손짓이 날아들었고 재건은 다시 말을 이었다.

"작가의 밤에 출연했을 때 복도에서 우연히 마주쳤던 적이 있었습니다. 낯이 몹시 익다고 생각했는데 나중에 보니 박도준 씨였습니다."

채린의 가슴이 방망이질을 쳤다. 도준에 대해서 꺼내고 싶은 이야기가 한둘이 아니었다. 하지만 하나같이 방송용 카메라를 앞에 두고 내뱉을 수 없는 말뿐이었다.

'으으, 질문을 어떻게 해야 하지. 도준 오빠랑 사귀는 거 만천하에 공개하고 싶다니까.'

채린이 어떻게 질문을 이어가야 할지 궁리하는 사이. 재건은 슬쩍 주변의 눈치를 살피고는 가벼운 어투로 말을 이었다.

"그러고 보니 채린 씨도 일전에 뵌 적이 있고요."

"아……."

"선글라스에 마스크까지 쓰시고 사인회에 와주신 걸 뒤늦게 알고 무척 기뻤습니다."

"우후후. 네, 마침 그 당시 매니저와 근처를 지나가고 있었어요. 도저히 놓칠 수 없는 기회라고 생각해서 위장 침입을 감행했습니다. 많이 놀라셨어요?"

"엄청나게 놀랐습니다. 제가 조금만 더 정신을 차리고 그 자리에서 알아봤다면 사인을 맞교환할 수 있었을 텐데요. 오늘 녹화 끝나면 꼭 부탁드립니다."

통제실의 PD가 또 한 번 박수를 쳤다.

"그래, 그거야. 계속 그렇게 신나서 말하라고. 편집은 우리가 하는 거니까 마음대로 계속해."

채린은 PD의 기대를 저버리지 않았다. 도준의 이야기를 거쳐 평소의 톡톡 튀는 상큼함을 되찾은 그녀는 재건과 연거푸 대화를 이어갔다.

"저희 멤버들도 작가님 소설을 무척 좋아해요. 멍청한 여자랑 스무 살의 여름은 전원이 다 읽었어요."

"아하하, 팀의 리더셔서 억지로 읽게 하신 건 아니죠?"

"그럴 리가요. 제가 얼마나 형평성을 갖춘 리더인데요. 동생들도 SNS에 작가님 작품 올렸을 거예요. 나중에 한번 확인해 보세요."

재건과 채린은 한참이나 더 대화를 이어갔다.

건져 낼 장면이 많아진 PD와 스태프들은 싱글벙글했다. 재건도 피로를 잊고 몇 시간째 이어지는 녹화를 견뎌냈다.

얼마간의 휴식 후, 혜상의 말과 함께 마지막 순서가 진행되었다.

"어느덧 마지막 코너 타인의 눈입니다. 오늘 함께해 주신 하재건 작가님께서는 어떤 작품을 준비하셨는지 한번 들여다볼까요? 하재건 작가님?"

"네, 이 작품입니다."

재건은 '당신이란 사막'이란 제목의 소설 한 권을 꺼내 들었다. 클로즈업된 책 표지가 스튜디오의 대형 스크린을 가득히 채웠다. 명석은 부하 직원의 메시지에 답장을 하느라 아직 이쪽을 보지 못하고 있었다.

"제목은 당신이란 사막, 오명석 작가님의 작품입니다."

"……?!"

명석이 기겁해서 스튜디오를 돌아봤다. 잘못 들은 것이 아니었다. 재건이 손에 들고 있는 책은 분명히 '당신이란 사막'이었다. 새하얗게 질린 명석 앞에서 재건은 말을 잇고 있었다.

"문학상을 수상한 작품답게 문장이 빼어납니다. 작중 주요 인물 두 사람, 해철과 민희가 보이는 감정의 흐름도 흠잡을 데 없이 유려했습니다."

재건이 책의 첫 장을 펼쳐 들었다. 덕분에 명석은 책의 앞날개에 새겨진 사진을 볼 수 있었다. 두꺼운 뿔테 안경을 쓴 젊은 날의 자신이 환하게 웃고 있었다.

"민희란 여자는 사막이었습니다. 민희라는 여자는 여러 면에 걸쳐 사막의 속성을 지니고 있었습니다. 전혀 다른 사막의 낮과 밤처럼 그녀의 낮과 밤도 달랐고, 찌는 듯한 더위와 얼어붙는 추위처럼 성격 또한 극단적이었습니다. 사막인 민희가 사막인 도시에서 신기루를 찾아 몸부림치는 모습은 정말로 눈물겨웠습니다."

명석은 고개를 딴 곳으로 돌린 채 이를 앙다물었다.

오래도록 잊고 살았던 과거의 유물이다. 낡은 사진들과 함께 서랍에 묻어두었던 과거의 편린들이 물밀 듯이 밀려오고 있었다.

"그때 다가온 사람이 해철입니다. 그는 그녀에게 말했습니다. 사막은 자신이 걷는 길이 곧 길이 되는 거라고. 가난한 노동자였던 그의 한마디 말이 화류계에 몸담은 민희의 삶을 구원하게 됩니다."

명석이 벽에 등을 기대고 은테 안경을 벗었다.

손가락으로 콧등을 꾹꾹 누르지 않고는 배길 수가 없었다. 입가에는 회한 어린 쓴웃음이 감돌고 있었다.

“감사했습니다.”

방송이 끝나고 돌아가는 길.

재건은 마주선 채린에게 고개를 숙이며 감사의 마음을 전하고 있었다.

“오늘뿐만이 아니라 그간 모든 일 정말 감사합니다. 이렇게 말씀드릴 기회가 생겨서 다행입니다.”

“이걸로 땡이에요?”

“네?”

재건이 두 눈을 동그랗게 뜨고 고개를 들었다. 채린은 멀찍이 서서 기다리는 매니저의 동태를 재빨리 살피고는 소곤거리듯 말을 이었다.

“이걸로 땡이냐고요. 감사하면 밥이라도 한 번 사셔야지.”

“아아, 그건…….”

“뭐예요? 밥 사주기 싫으세요?”

재건이 황망히 손사래를 쳐보였다.

“아니요, 연예인이시잖아요.”

“연예인이 뭐 어때서요?”

“저야 당연히 그럴 수 있으면 대접해 드리고 싶죠. 그런데 연예인들은 엄청 바쁘잖아요. 애플티는 인기도 엄청 많고요.”

채린이 픕 하고 웃음을 터뜨리더니 재건의 어깨를 가볍게 쳤다.

"아무리 바쁘다고 밥 먹을 시간도 없게요? 굶어 죽으라고?"

채린이 손을 쓱 내밀었다. 재건은 즉시 주머니에서 핸드폰을 꺼내 건넸다. 자신의 번호로 전화를 걸고 난 그녀는 핸드폰을 되돌려 주며 말을 이었다.

"식사는 조만간 얻어먹는 걸로 알고 있을게요. 자주 심심하니까 한가하실 때 톡도 날리고 그러세요."

"으음, 네……."

"글구 저 말고도 또 한 명의 광팬이 있거든요?"

"또 한 명? 아, 애플티 멤버들 중에요?"

채린이 입을 가리며 깔깔 웃더니 아까보다 좀 더 세게 재건의 어깨를 때렸다.

"너무 기대하신다. 남자거든요? 암튼 저만큼 작가님 소설 좋아하는데 같이 올 수 있을지는 모르겠네요. 그건 그때 가서 다시 얘기할게요."

그때 기다리고 있던 매니저가 등 뒤로 다가와 말을 걸었다.

"채린아, 이제 가야 돼."

"지금 가려고 했어, 그럼 작가님, 조심히 들어가세요."

"채린 씨랑 매니저님도 안녕히 가세요."

"네, 작가님. 뵙게 돼서 영광이었습니다."

매니저는 재건에게 정중하게 인사한 뒤 채린을 데리고 밴으로 멀어져 갔다.

재건도 자신의 차가 주차된 쪽으로 몸을 돌렸다.

"어? 편집장님?"

재건의 차 옆에 아까 떠난 줄 알았던 명석이 서 있었다. 그는 미소를 지으며 재건에게 제의했다.

"오늘 저하고 저녁 식사 어떠십니까?"

"아, 네. 좋습니다."

재건은 두말없이 승낙했다. 소미와의 식사는 내일이라도 할 수 있다. 명석의 작품을 방송에서 소개한 일도 있고 해서 거절할 수 없었다.

각자의 차로 약속된 일식집에 도착한 두 사람은 마주 앉아 술잔을 기울였다.

시간이 흐르면서 재건은 내심 놀랐다. 술을 그다지 좋아하지 않는다던 명석이 곧잘 술잔을 입으로 가져가고 있었다.

"저기, 편집장님."

"말씀하세요, 선생님."

"혹시 저 때문에 마음이 불편해지신 건 아닌가 해서요."

명석이 고개를 가로저으며 웃어 보였다.

"세상 어떤 작가가 자신의 작품을 추천해 주는데 싫어하겠습니까? 무척 감사한 마음입니다. 그래서 지금 저녁 식사도 대접해 드리는 겁니다.”

재건의 잔에 술을 따라준 후 명석이 질문했다.

“근데 어떻게…… 아시게 되셨습니까?”

“인터넷 검색이요.”

그렇게 말하며 재건이 ‘당신이란 사막’을 두 손으로 내밀었다. 책을 받아 든 명석은 멋쩍게 사인을 하고 되돌려 주었다.

“정말 대단한 분이세요. 조만간 웅성출판그룹을 이어받으시겠네요.”

“싫든 좋든 경영자가 될 수밖에 없지요.”

“역시, 아무래도 장남이시니까요.”

“그런 게 아닙니다.”

명석이 서글픈 미소로 고개를 가로저었다.

“저는 작가로서도 편집자로서도 자격이 없습니다. 그래서 경영자의 영역으로 도망치려고 하는 겁니다.”

재건은 명석의 말이 쉬이 이해되지 않았다. ‘당신이란 사막’을 읽은 재건은 편집자의 영역뿐만 아니라 작가로서도 명석의 재능을 인정하고 있었다.

그런데 자격이 없다니?

뭔가 사연이 있겠지만 물어볼 수는 없는 말이었다.

“하 선생님, 죄송하지만 저 오늘 대리 불러도 되겠습니까?”

재건이 씩 웃으며 술병을 들어 권했다.

“저도 부르겠습니다. 드시죠.”

“고맙습니다.”

가득 찬 술잔으로 건배를 나누기 직전 핸드폰이 울렸다. 전화를 받은 명석은 몸을 반쯤 돌려 몇 마디를 나누고는 웃는 얼굴로 전화를 끊었다.

“축하드립니다, 하 선생님.”

“이번엔 또 뭔가요?”

“100만 부 달성했다고 합니다. 반디 앤 루니아 베스트셀러도 1위입니다. 올해 내내 내려갈 일 없을 것 같습니다.”

두 사람이 힘껏 잔을 맞부딪쳤다. 봄의 밤이 깊어가는 가운데, 연달아 술병이 비워지고 웃음소리는 커져만 갔다.

to be continued

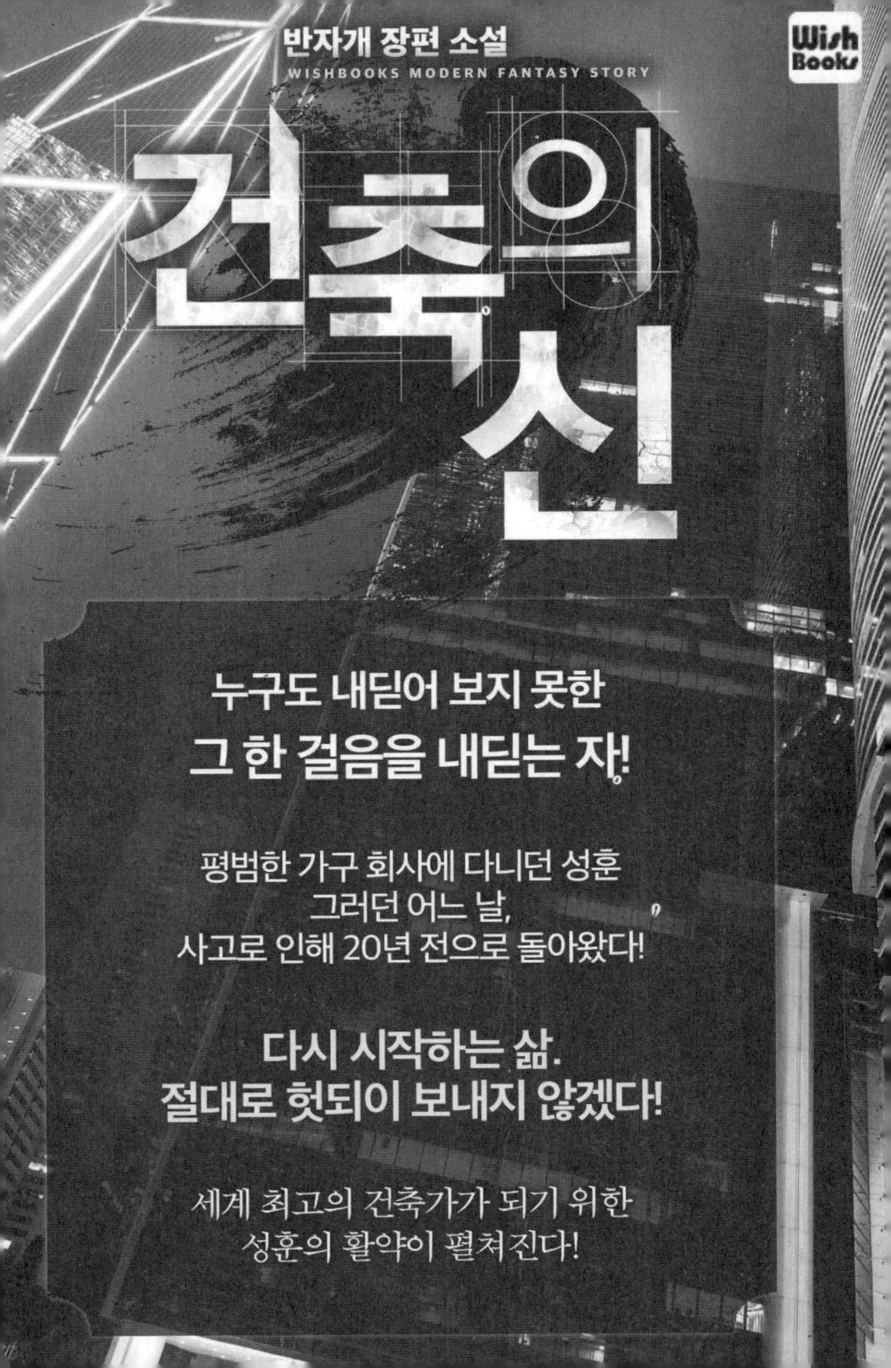
반자개 장편 소설
WISHBOOKS MODERN FANTASY STORY
Wish Books
건축의 신
누구도 내딛어 보지 못한
그 한 걸음을 내딛는 자!
평범한 가구 회사에 다니던 성훈
그러던 어느 날,
사고로 인해 20년 전으로 돌아왔다!
다시 시작하는 삶.
절대로 헛되이 보내지 않겠다!
세계 최고의 건축가가 되기 위한
성훈의 활약이 펼쳐진다!

내 안에 몬스터 있다
형상준 현대 판타지 장편소설
태양의 흑점 폭발과 함께 새로운 시대가 찾아왔다!
마나와 능력자, 그리고 몬스터가 존재하는 현대.
그리고 그곳을 살아가는 마나석 가공 판매업자 김호철.
평소처럼 마나석을 탄 꿀물을 마시던 그는
번개에 맞고 신비로운 힘을 각성하게 되는데…….
'내 안에서 몬스터가…… 나왔다?'
그것도 김호철이 먹은 마나석의 개수만큼 많이.